BERTRAND HOURCADE

LES ROSES DU CHÂTEAU

et autres nouvelles

Du même auteur

Dictionnaire de l'anglais des métiers du tourisme, Pocket, Paris, 1995
Cours de pratique du français oral, Messeiller, Neuchâtel, 1996
Dictionnaire du Rugby: français-anglais, anglais-français, La Maison du dictionnaire, Paris, 1998
Dictionnaire explicatif des verbes français, La Maison du dictionnaire, Paris, 1998
Le Village magique, roman, Les Iles futures, Pully, 2001
Les Roses du château, nouvelles, Les Iles futures, Pully, 2004
Pratique de la conjugaison expliquée, Voxlingua, Leysin, 2006
Comment écrire une composition : 50 modèles pour apprendre à structurer un texte, Voxlingua, 2006
Explanatory Dictionary of Spanish verbs, Voxlingua, 2006
Práctica de la conjugación española, Voxlingua, 2006
Le Don du pardon, pièce de théâtre, Voxlingua, 2006
Voyage au pays des couleurs, conte, Voxlingua, 2008
Anthologie de théorie littéraire : du classicisme au surréalisme, Voxlingua, 2009
Anthologie de poésie française, Voxlingua, 2009
Marée blanche à Biarritz, roman, Voxlingua 2013
Fatwa, roman, Voxlingua 2013

Photo de couverture : Château Le Mont-Suzey
© 2004, Bertrand Hourcade
Dépôt légal effectué en Suisse : 2004

© 2020, Bertrand Hourcade
Edition : Books on Demand,
12/14 Rond-Point des Champs-Élysées, 75008 Paris
Impression : BOD – Books on Demand, Norderstedt, Allemagne
ISBN : 9782322220861
Dépôt légal : avril 2020

Für Elise

B.H.

LES ROSES DU CHATEAU

A la belle saison, le parc du Château se transformait en petit jardin d'Éden. Aux alignements tirés au cordeau des parterres en fleurs répondaient les vignes vierges qui montaient à l'assaut des murs; lierre et glycine se complétaient pour parer la propriété de couleurs somptueuses. Madame Z., propriétaire des lieux et directrice de l'internat qu'abritait le Château, tirait une grande fierté de son jardin à la française et tout particulièrement de ses plates-bandes de roses. Chaque allée était invariablement bordée de part et d'autre de rosiers magnifiques. Ici, c'était une succession de rosiers rouges, alors que plus loin s'étalaient les tons rose pâle ou jaune vif d'autres variétés de roses. Cette féerie de couleurs faisait que l'on désignait chaque allée par la couleur dominante des roses qui la bordaient: ainsi parlait-on de "l'allée rouge," de "l'allée rose" ou encore de "l'allée jaune".

C'est Julien, jardinier d'une grande discrétion et d'une efficacité remarquable, qui s'occupait de cet ensemble floral incomparable. Il avait fait sien ce territoire où il imprimait chaque jour davantage son empreinte. Madame Z. essayait de le régenter en lui donnant des directives générales, mais jamais trop de conseils techniques, laissant astucieusement le soin de régler les détails à son subalterne qui connaissait l'âme des fleurs mieux que quiconque.

Chaque semaine, Julien faisait une cueillette des différentes fleurs qui poussaient dans le parc car il fallait renouveler les fleurs qui ornaient les diverses pièces du Château. Julien arpentait le domaine muni d'un sécateur et façonnait des bouquets aux couleurs chatoyantes et aux senteurs exquises. Il mélangeait, selon les saisons, les narcisses et les camélias, les pensées et les œillets, parachevant le tout par un lis blanc amoureusement posé au centre du bouquet.

Mais c'était les roses qu'il affectionnait particulièrement. Dans le Château, personne n'avait le droit de toucher aux rosiers excepté Julien qui, sous l'œil vigilant de sa maîtresse, coupait seulement les roses que Madame Z. désignait pour le sacrifice. Il tirait de cette limitation un désir de se surpasser, de trouver pour chaque bouquet une présentation, un arrangement unique. Il passait de longs moments à étudier les différentes perspectives visuelles, les divers effets de couleurs. Il s'enivrait de subtils arômes qui lui montaient doucement à la tête. Et lorsqu'il posait le chef-d'œuvre achevé sur le bureau des secrétaires, il rayonnait d'une immense fierté.

– Oh! Julien, c'est magnifique!

Les compliments lui allaient droit au cœur et il quittait les bureaux empli d'une béatitude qui lui durait des heures. Sa vie était ainsi réglée par le cycle des floraisons, et rien ne lui coûtait plus que l'arrivée de l'hiver. Son jardin se mettait en hibernation. Il lui fallait émonder, ratisser et tailler, autant d'actions qui emplissaient son cœur d'une grande tristesse. Il aspirait avec impatience aux premiers jours de février lorsque, annonciateur du printemps proche, le mimosa se parait le premier de ses fleurs jaunes et devenait l'objet de tous ses soins. Bientôt les roses refleuriraient! Et en pensant à tout cela, il commençait à reprendre vie.

Julien vivait ainsi dans une innocente béatitude jusqu'au jour où il fut troublé par un événement anodin en apparence. Il remarqua, dans l'allée rouge, une tige de rosier dont la fleur avait été coupée. Il était sûr de n'avoir pas moissonné dans cette allée-là récemment. Or la brisure était fraîche. Comment se faisait-il? Quelqu'un aurait-il volontairement cueilli une rose? Il alla en parler immédiatement à M. Laurent, le Doyen des Études. Sans doute quelque élève avait-il encore une fois traversé en courant les plates-bandes! Ah! quand ces gamins apprendraient-ils les bonnes manières et le respect?

Il avait presque oublié l'incident lorsqu'il remarqua un peu plus tard un pétale rouge qui traînait sur une marche du perron. Le pétale était encore frais! Tout excité par cette découverte, il poussa la porte du Château et tomba sur un deuxième pétale qui se trouvait à égale distance du bureau de M. Laurent et de Gabriella! Indécis et troublé, Julien le ramassa et poussa la porte de la secrétaire. Il entra et vit le magnifique bouquet qu'il avait cueilli et porté lui-même à Gabriella la veille. Tout semblait normal mais en plein centre, contre le lis blanc habituel, trônait *une rose rouge*. Or il savait pertinemment qu'il n'avait pas cueilli de roses rouges pour ce bouquet-là!

– Bonjour Julien! Votre bouquet est toujours aussi magnifique!

La voix de Gabriella le tira de sa songerie.

– Euh, oui, c'est vrai. Et surtout, avec cette rose en son centre. C'est d'un effet tout à fait réussi.

Gabriella fut frappée par la réponse de Julien. Ce n'était pas son genre de se jeter des fleurs.

– Oh, oui! Ce rouge et ce blanc, la pureté et la passion si intimement liées, c'est d'un charme fou!

« Elle se moque de moi, » pensa Julien.

– Aimez-vous les roses rouges?

– Je les adore, Julien, vous le savez bien. Tout ce que vous m'apportez a tant de goût!

– Mais je ne vous ai pas apporté *cette* rose rouge!

– C'est exact. C'est Monsieur Z. qui me l'a donnée ce matin.

– Ah, vraiment? Et qu'a-t-il dit?

– Il était d'excellente humeur. Il m'a dit que cette fleur rouge allait très bien près du lis blanc qui me ressemblait tant. Quel charmeur ce Monsieur Z.!

Julien prit le parti de sourire et sortit de la pièce quelque peu décontenancé. Gabriella parlait de tout cela avec une telle candeur qu'il semblait impensable qu'elle mentît. Monsieur Z.! Ainsi, c'était lui qui massacrait les plates-bandes du Château!

Il fallait éclaircir tout cela au plus vite. L'occasion lui en fut bientôt donnée. Il était en train de biner le sol d'une plate-bande dans l'allée jaune lorsqu'il vit M. et Mme Z. qui venaient dans sa direction.

– Bonjour Julien. Tout va bien ce matin?

– Bonjour Monsieur, bonjour Madame. Oui, tout va bien. Il fait beau et c'est un plaisir de travailler le sol. Il est meuble à souhait.

– Vous passerez me voir tout à l'heure. Il faut couper une basse branche qui gêne le passage là-bas, derrière cette haie.

– Très bien madame. Heu, à propos, quand voulez-vous que nous fassions la cueillette hebdomadaire des roses?

– Quelle question, Julien! Mercredi, comme toujours!

– Bien madame. Mais, voyez-vous, je n'étais pas entièrement sûr, vu que Monsieur a déjà commencé la cueillette des roses hier.

– Que dites-vous? Louis, que veut dire ceci?

– Je ne comprends absolument rien à cette histoire, ma chère. Julien, expliquez-vous donc!

– Eh bien, je fais allusion à la rose rouge que vous avez offerte à Gabriella hier et qui orne le bouquet de son bureau.

– Louis, qu'est-ce que j'entends? Vous offrez des fleurs à Gabriella?

– Non, pas du tout. J'ai trouvé une rose rouge qui gisait par terre, dans le couloir du château. Et je l'ai portée à Gabriella dont le bureau était juste à côté pour l'ajouter à son bouquet. C'est tout ce qu'il y a à dire. De plus, la pauvre fleur perdait ses pétales.

– J'ai moi-même ramassé une pétale rouge sur le perron et une autre dans le Château.

– Un pétale, Julien. On dit un pétale. Combien de fois devrais-je vous le répéter?

– Oui, c'est vrai. Excusez-moi, Madame. Mais ceci signifie que quelqu'un vient butiner les fleurs dans les jardins de la propriété. J'ai prévenu M. Laurent qui n'a rien remarqué d'anormal chez les pensionnaires du Château. Mais il va garder l'œil ouvert.

– Tout ceci est vraiment incroyable. Julien, je vous charge de découvrir ce malotru. Et le plus vite possible!

– Bien madame. Comptez sur moi.

A partir de ce jour-là, M. Laurent et Julien furent sur le qui-vive. Ils se concertaient pour échanger leurs impressions. Ils cherchaient sur les visages, dans les comportements, dans les inflexions de voix quelque indice qui les mettraient sur une piste. M. Laurent faisait même des raids diurnes dans les chambres des élèves pendant que ces derniers étaient en classe pour trouver quelque indice. Pourtant, c'est Julien qui, le premier, relança toute l'affaire. Dans l'allée jaune, il trouva 2 jours plus tard une tige brisée. Il aurait pu imputer cela à un accident, à un enfant qui aurait marché par hasard au mauvais endroit, sans un morceau de papier soigneusement plié et attaché au pied de la plante par un morceau de scotch.

Fort
Belle,
Elle
Dort;

Sort
Frêle!
Quelle
Mort!

Rose
Close,
La

Brise
L'a
Prise.

Un frisson d'inquiétude parcourut Julien. Il se sentit soudain mal à l'aise. Quel rebondissement! Non seulement on était sûr maintenant que ces roses brisées étaient l'ouvrage de quelque vandale, mais de plus, ce dernier se permettait de laisser des traces et de narguer le monde! Et en vers de poésie qui plus est!

Il courut chez Monsieur et Madame Z. à qui il bégaya cette histoire hallucinante. La maîtresse des lieux faillit s'évanouir en apprenant la nouvelle. Elle s'administra une petite rasade d'Armagnac pour se donner du courage. Cependant, Monsieur Z. jugea la situation plutôt excitante, avec cette aura de mystère qui y ajoutait beaucoup de charme. Julien ne put s'empêcher de cristalliser ses soupçons sur lui. M. Laurent fut convoqué aussitôt ainsi que Gabriella qui, en son for intérieur, trouvait l'histoire fort drôle. Il fut demandé à chacun une surveillance de tous les instants. M. Laurent suggéra de mettre dans la confidence M. Gauthier, le professeur de littérature.

– Son expertise pourrait nous être utile.

Ainsi fut-il fait. M. Gauthier, tout surpris par l'aspect vaudevillesque de la situation et en même temps flatté par le rôle soudain revalorisé de sa discipline académique jugée généralement démodée et rétrograde, se fit fort de débusquer l'individu.

– Ce poème est le fameux sonnet monosyllabique de Jules de Rességuier. Un modèle en son genre. Très intéressant vraiment, très intéressant.

Quelques jours plus tard, un deuxième billet trempé de rosée fut découvert par Julien au pied d'un rosier jaune. Julien fut dès lors convaincu que ces forfaits se commettaient la nuit. Il ouvrait la bouche pour en informer Madame Z. quand celle-ci lui arracha le billet des mains et se mit à le lire en tremblant.

Rose sang
Tachée d'un peu d'or,
Talisman
Pour vaincre la mort.

Rose rouge
De pourpre sublime,
Mon cœur bouge
Au bord d'un abîme.

Rose rose,
Fragile beauté,
Grandiose
De fragilité.

Rose jaune,
Soyeux oriflamme,
Teinte fauve,
Émoi de mon âme.

Rose pâle,
marque de tendresse,
Virginale
Petite princesse.

Qui se penche
Un peu sur ta tige,
Rose blanche,
Est pris de vertige.

Frêle rose,
Objet de désir,
Vite éclose
Avant de mourir,

Tu parfumes,
Troublante et fragile,
L'amertume
De tout cœur sensible.

B. Frontenac

– Mon Dieu! Que c'est beau!

Madame Z. n'avait pu s'empêcher de murmurer son admiration devant Julien ahuri, avant de se reprendre aussitôt:

– Vite, allez me chercher Monsieur Gauthier!

Ce dernier fut fort embarrassé devant ce texte qu'il découvrait pour la première fois et qu'il essayait en vain de rattacher à quelque poète connu. Il plissa les sourcils, serra les dents, se gratta le menton et enfin déclara que l'inconnu cherchait à cacher son jeu en jouant de l'hermétisme. Mais, qu'on ne s'inquiète pas, lui M. Gauthier nécessitait un peu de recul pour analyser ce nouvel élément. Et très vite on verrait ce qu'on verrait.

Madame Z. se mit à rêvasser à ce poème qu'elle trouvait magnifique et dont chaque vers lui parlait si intimement. Elle brûlait du feu de savoir tout sur ce B. Frontenac dont le nom s'était magiquement gravé dans son inconscient et la travaillait sans cesse. Deux longs jours s'écoulèrent pendant lesquels madame Z. harcela le pauvre Monsieur Gauthier qui s'était remis à faire le rat de bibliothèque comme dans ses plus beaux jours de vie estudiantine. Il était lui-même surexcité par ce mystère poétique. Avait-il affaire à un imposteur, à un pseudonyme? Qui se cachait derrière ce nom et ces vers? En connaisseur, M. Gauthier appréciait la rythmique de ces strophes et savait la difficulté qui se trouvait derrière l'apparente facilité de lecture.

Julien buta sur un nouveau billet qui avait été placé dans l'allée rouge. Il le porta aussitôt à Madame Z. qui le lut en sentant monter dans son dos le picotement du désir.

Mon âme a son secret, ma vie a son mystère;
un amour éternel en un moment conçu:
Le mal est sans espoir, aussi j'ai dû le taire,
Et celle qui l'a fait n'en a jamais rien su.

En femme sensible, Madame Z. comprit qu'il s'agissait d'une histoire d'amour hors du commun. Elle en fut très affectée et en même temps flattée en imaginant sur le champ qu'il était probablement question d'elle dans ces vers. Un inconnu amoureux d'elle et qui, pour mieux attirer son attention massacrait avec art ses parterres de fleur! Il s'agissait sans nul doute d'une profonde passion qui ravageait le cœur d'un homme bien malheureux et bien amoureux! Un homme était là, qui l'adorait dans l'ombre, un subalterne dont le rang était difficile à concilier avec son amour et qui préférait souffrir en silence plutôt que de se déclarer. C'était la seule explication qui lui vint à l'esprit pour expliquer cette délicatesse dans les sentiments. Elle était rassurée par la retenue de cet homme qui montrait de grandes marques de déférence.

On fit venir le professeur de littérature qui identifia fort vite l'origine de cette dernière citation poétique. L'amoureux transi puisait dans les plus riches trésors de la poésie lyrique française! Il s'assimilait même à Félix Arvers, célèbre poète et amoureux qui n'avoua jamais sa flamme à la femme qu'il côtoyait constamment et qui apparemment ne se rendit jamais compte qu'elle était l'objet de la plus belle et de la plus pure des passions.

Confortée par ces nouvelles, Madame Z. se promit de ne pas tomber dans l'indifférence amoureuse. Rongée par le démon de la curiosité et du désir, elle se laissa glisser dans un état langoureux où elle végétait toute la journée. Personne ne la reconnaissait et le jardinier ne comprenait rien à ce changement subit. Elle dut composer un personnage devant Julien et jouer encore une fois la femme outragée. Mais elle y mit moins de véhémence que la première fois. Il ne fallait pas décourager le prétendant mystérieux. Pour la première fois, Madame laissa son jardinier décider lui-même de quelles roses il fallait couper pour les bouquets du mercredi! Elle avait soudain perdu son intérêt pour ce qui lui plaisait le plus auparavant.

Monsieur Gauthier se faisait fort de traquer la personnalité du mystérieux correspondant à force d'analyser les échantillons des poèmes qu'il livrait. Déjà il avait diagnostiqué un personnage "refoulé, vaguement inquiet et complexé devant le sexe faible, avec une légère tendance à la morbidité".

– Nous le dénicherons où qu'il se trouve. Imaginez! Prendre pour modèle Félix Arvers, qui a écrit un seul grand poème mais qui n'a pas su concrétiser auprès de celle qu'il aimait! Notre inconnu s'est révélé d'un coup.

− Ceci est très bien mais parlez-nous donc de B. Frontenac, cher Monsieur Gauthier. Que savez-vous de lui et que pensez-vous de ses vers?

− Chère madame Z., voyez-vous, B. Frontenac, eh bien, il doit appartenir à l'époque contemporaine. Il y a tant de poètes aujourd'hui!

− Oui, mais parlez-moi de son œuvre! Ces vers sur les roses, toute cette fraîcheur, n'est-ce pas troublant, grisant, enivrant?

− Certes, certes, voilà de la bien bonne poésie. Écoutez, je vous propose de faire quelques recherches sur notre mystérieux poète et je vous informerai dès que possible.

− Merci infiniment, cher ami.

A chacune de leurs discussions, avec une insistance pathologique, Madame Z. revenait systématiquement sur le sujet du mystérieux B. Frontenac au désespoir de M. Gauthier.

− Monsieur Gauthier, laissez Arvers de côté. Parlez-moi de B. Frontenac.

Parfois le professeur, exaspéré, se laissait aller à sa frustration:

− Frontenac? Un illustre inconnu, un imposteur, un rimailleur, un plagiat!

− Un plagiat? Et de qui donc, Monsieur le Professeur?

M. Gauthier s'enferrait alors dans de nébuleuses explications. B. Frontenac lui causait un tort considérable. Comment lui, le spécialiste, ne connaissait-il pas un poète de cette trempe?

En dépit des nuits et des jours qu'il passa à essayer de percer ce mystère, M. Gauthier dut finalement avouer son impuissance mais en offrant une explication qui blanchissait complètement son ignorance et qui relançait de plus belle la spéculation sur l'identité du mystérieux amoureux.

— Écoutez, j'ai beaucoup réfléchi et j'en suis arrivé à la conclusion que B. Frontenac est le pseudonyme d'un inconnu qui connaît le Château, qui peut-être même vit et travaille ici. Dans cette poésie, il y a trop d'allusions indirectes à notre roseraie. J'en suis convaincu, il y a un poète parmi nous!

Madame Z. s'était dressée d'un bond! Un poète au Château! Ceci serait l'œuvre de quelqu'un qui vivait ici, qui la voyait, l'observait, la connaissait, l'aimait en silence! Mais oui, bien sûr, un autre Arvers était là, dans l'ombre, qui trouvait son inspiration à la côtoyer, à la voir, à l'aimer! Cette fois-ci, son admiration passa toutes les bornes. Un poète l'aimait!

La rumeur courait que Madame avait le mal d'amour. Elle se mouvait dans un monde plein de poésie et de mystère, à la lisière de l'incohérence parfois. Monsieur Z. prenait maintenant la chose moins gracieusement qu'au début. Sans encore aller jusqu'à envisager le spectre du cocuage, il se rendait compte que sa femme était la risée de beaucoup de gens qui se gaussaient de cette lubie de femme amoureuse... d'un poète. Aussi imagina-t-il, pour couper court à cette histoire, de placer lui-même un billet au pied d'un rosier. Il fallait frapper très fort pour éradiquer le mal une fois pour toutes. Ce fut dans Arvers qu'il trouva la solution.

Le soir même, alors que Madame Z. était rivée devant sa télévision où passait un film d'amour, Monsieur Z. descendit du premier étage où se trouvait leur appartement et sortit du Château. Il avait opté pour l'allée blanche, car elle était un peu en retrait et il courait moins le risque d'être aperçu. Il sélectionna un rosier et, à tâtons dans le noir, avec son bout de scotch collé au papier pour mieux imiter le poète inconnu, il chercha l'endroit propice où placer son billet. Ce faisant, il s'égratigna plusieurs phalanges des deux mains aux épines qu'il ne pouvait voir. Il étouffa un juron et finalement colla le papier un peu n'importe comment, soulagé de pouvoir enfin se relever et de s'éloigner à grands pas vers le Château.

Le lendemain, Julien amena le billet en le brandissant comme un trophée de guerre.

– Madame Z.! Je viens de trouver un autre message. le voici! L'auteur a laissé sa marque dessus!

Monsieur Z. qui était dans le salon dressa l'oreille. Une marque sur le billet? Il s'approcha de l'entrée où Madame Z. dépliait un billet maculé de taches sombres.

– C'est du sang!

Monsieur Z. avait instinctivement plongé ses deux mains dans ses poches. La veille, il avait arrêté l'écoulement de sang avec son mouchoir de toile qu'il avait ensuite dû jeter dans une poubelle.

– Madame, nous devrions faire analyser ce sang!

Julien était tout excité par sa trouvaille. Cette fois-ci Monsieur Z. se devait d'intervenir avant que la situation ne dérape et ne lui échappe complètement.

– Voyez, Julien, vous n'y pen...

Mais au même moment, madame Z. venait de se laisser choir dans une bergère en poussant un cri. Le billet venait de lui échapper des mains. Julien le ramassa et, médusé, se mit à lire à haute voix:

J'ai donc bien réussi, je t'ai donc bien frappée;
Par un adolescent ta vanité trompée

A pu croire aux serments que ma voix te jurait!
C'est bien. Je suis content: j'ai passé mon envie;
D'un souvenir amer j'empoisonne ta vie.
Et songe bien au moins que c'est moi qui te laisse
Et que c'est moi qui ne veux plus!

M. Gauthier fut convoqué immédiatement pour trouver l'origine de ces vers.

– Est-ce du Frontenac ou du Arvers? Je veux le savoir!

Le professeur qui n'avait jamais eu de recherche aussi excitante à faire de toute sa carrière mit une demi-journée avant d'identifier l'origine de ces vers.

– C'est d'Arvers, encore une fois. Il n'en décolle pas! C'est un mordu, un obsédé! Nous le tenons!

Madame Z. était allongée sur un sofa d'où elle ne bougeait plus. Seuls ses yeux brillaient d'un vif éclat.

En même temps que Monsieur Z. s'inquiétait de l'évolution de sa femme, M. Laurent se tourmentait de la même chose pour une toute autre raison. Il avait profité de l'incident de la rose rouge portée par Monsieur Z. à Gabriella pour imaginer tout un stratagème amoureux qui lui permettrait enfin d'approcher de celle qu'il aimait et de lui dire, d'une manière indirecte son amour, sa flamme, sa passion. Il avait planté ces billets amoureux dans la roseraie dans l'espoir que Gabriella verrait et comprendrait que l'homme qui occupait le bureau en face du sien n'avait de pensées que pour elle. Mais pour cela, il voulait aller doucement, l'approcher de loin, tendrement, l'entourer de fleurs, de douces pensées, de belles poésies, et graduellement resserrer la perspective en se rapprochant d'elle et en dirigeant ses regards et ses pensées de plus en plus vers lui, mais toujours d'une manière souple et détournée. Il voulait la rendre amoureuse à mourir de lui sans qu'elle sache – au début du moins – qui il était, tant il avait peur d'être rejeté.

Mais voilà que Madame Z. avait complètement dérouté ses projets. En accaparant sur elle l'attention, elle changeait complètement l'objectif de son plan et Monsieur Laurent était au comble du désespoir. Gabriella était à mille lieux de se douter de la passion qui couvait en face de son bureau, de l'autre côté du couloir. Et tout cela, à cause de Madame Z.! Il commençait franchement à détester cette dernière. Qu'elle se couvre de ridicule lui importait peu, mais qu'elle ruine ses plans, non, il ne pouvait pas accepter cela!

Il fallait donc passer à l'action et agir d'une manière directe et claire. Ainsi, au moment où Monsieur Z. œuvrait pour faire revenir sa femme à la raison, Monsieur Laurent décida-t-il de son côté de faire un pas décisif en direction de Gabriella.

Un soir qu'il était resté particulièrement tard dans son bureau, il cisela avec force patience un pétale rouge en forme de cœur. Ensuite il entra dans le bureau de Gabriella et colla le pétale sur l'écran de l'ordinateur. Ceci attirerait son attention mais ne suffirait pas. Il alluma l'ordinateur de Gabriella, ouvrit un dossier qu'il nomma ROSE, et le plaça en évidence au milieu de l'écran. Dans ce dossier, il écrivit le message suivant:

*Il n'y a qu'**une** rose*
Qui mérite un poème.
Et lorsque je compose,
C'est parce que je t'aime.

B. Frontenac

C'était l'époque où les soirées d'automne projetaient de nostalgiques reflets sur les rangées de rosiers. Alors que Madame Z. mourait lentement de maladie d'amour pour avoir bien inconsidérément joué avec ses sentiments, Gabriella se mit à son tour à fantasmer sur le mystérieux inconnu. Elle se mit du parfum de rose, acheta du chewing-gum à la rose, s'habilla uniquement de couleurs de roses et graduellement commença à croire qu'elle était vraiment une rose qui attendait le Dieu Soleil pour satisfaire son irrépressible besoin d'amour.

La Croisee Du Transept

Chaque fois qu'il franchissait le portail de la cathédrale, Julien ressentait un frisson lui parcourir le corps. Était-ce dû à la présence des gargouilles aux figures effrayantes qui le regardaient entrer et dont il n'osait soutenir le regard ou bien à la peur que lui causait l'obscurité qui régnait dans le sanctuaire? Lui-même n'aurait su le dire avec certitude, mais la combinaison de ces deux éléments faisait qu'il se raccrochait à la main de son père qui l'entraînait dans les entrailles de la nef, jusqu'à l'endroit plus rassurant de la croisée du transept.

Il insistait toujours auprès de son père pour s'installer au premier rang des chaises. Ce désir de se placer ainsi au plus près du chœur dont ils n'étaient séparés que par la largeur du transept, son père l'avait attribué à un excès de piété de son fils. Mais la réalité était moins glorieuse. Julien se sentait tout simplement bien lorsqu'il pouvait s'asseoir à cet endroit, sur le côté droit de la nef et si possible au milieu de la rangée. Là, il pouvait à la fois calmer ses angoisses et satisfaire ses petits désirs innocents.

En entrant dans la cathédrale, la longue perspective qui court du narthex jusqu'au chœur et, au-delà même du maître-autel jusqu'à l'abside, donnait au jeune garçon l'impression de s'engager dans un couloir sans issue, une avenue sombre et peu attirante. Mais la croisée du transept, par la rupture qu'elle opérait dans le double alignement des piliers des nefs latérales, l'affranchissait soudain de la sensation d'étouffement qui l'assaillait à l'intérieur de l'édifice. L'esprit du jeune garçon se libérait d'un seul coup en apercevant les ouvertures majestueuses des deux magnifiques rosaces latérales qui insufflaient la vie sur les murs du sanctuaire en les éclaboussant de taches de lumière.

De sa chaise, Julien pouvait observer l'intérieur de la cathédrale dans toute son étendue. Dans l'esprit de l'enfant, l'endroit où se croisaient le transept et la nef évoquait l'image de l'Étoile qui irradiait de l'Arc de Triomphe et dont la perspective des avenues qui s'étiraient dans toutes les directions avait frappé son imagination d'une empreinte indélébile. Tout comme au sommet de l'Arc de Triomphe, il se sentait ici dans un endroit stratégique, à la convergence de nombreuses synergies. Lorsqu'il avait mentionné cette comparaison à son père, ce dernier l'avait qualifiée d'intéressante et, n'en retenant que l'aspect religieux, avait réussi à y déceler un indice de la profondeur spirituelle de son fils:

— C'est bien d'un rêveur comme toi de voir des étoiles dans une église. Tu as la graine d'un mystique.

Julien n'avait jamais entendu parlé des mystiques auparavant. Après une investigation sommaire, il avait décidé qu'il n'appartenait certainement pas à cette confrérie-là. Il sentait bien que son père se méprenait à son sujet. Qu'en aurait-il été s'il avait connu l'autre motif pour lequel Julien aimait s'asseoir à cet endroit? Le seul fait d'y penser le rendait confus et il se sentait mal à l'aise à la simple idée d'en parler à autrui.

Sur un vitrail du porche sud, la scène de l'Annonciation montrait la Vierge Marie en présence de l'Archange Gabriel. Dès le premier regard, Julien s'était senti irrémédiablement attiré vers la pureté de ligne et la perfection du visage de Gabriel. Ce dernier, vêtu d'une longue robe rouge, était représenté dans une position déférente envers la Vierge de bleu vêtue. Julien avait à peine remarqué cette dernière. Il était hypnotisé par l'Annonciateur et buvait, dans la contemplation de cette scène, le poison encore innocent chez lui de l'attirance charnelle.

Il passait les offices entiers perdu dans la contemplation de cette scène. Lorsque le soleil illuminait directement le vitrail, ébloui par de tant de beauté conjuguée, il tombait dans une rêverie qui lui donnait l'impression d'être enlevé au ciel et qui ne s'achevait que lorsque son père, impressionné par une manifestation aussi intense de vie intérieure, lui touchait respectueusement la main pour lui indiquer que l'office religieux était terminé.

Lorsque, par malheur, il ne pouvait pas prendre place à la première rangée, la vue de l'Annonciation lui était partiellement cachée. Julien sombrait alors dans une mélancolie accentuée par le fait qu'il ne pouvait pas non plus profiter pleinement de la lumière des rosaces latérales. Sa présence dans la cathédrale perdait, à ses yeux, toute raison d'être. Il s'agitait alors d'une manière insupportable sur sa chaise, étreint par le sentiment frustrant d'un rendez-vous manqué et l'inconfort d'une trop grande obscurité. Son père lui prenait alors la main qu'il serrait longuement et de plus en plus en fort afin de « libérer Julien des menées de l'esprit du Mal qui tentait de le distraire».

Un jour, Julien voulut en savoir plus et s'ouvrit très indirectement à son père du problème qui le hantait:

– Papa, les anges sont-ils du sexe masculin ou du sexe féminin?

Le père sourit.

– Tu me poses une question qui est une énigme pour les humains. Depuis toujours les Pères de l'église ont voulu résoudre cette question. Mais Dieu seul a la réponse à cet insondable mystère.

– Mais les anges ont des visages plutôt efféminés, non?

– Pourquoi dis-tu cela?

Julien, se croyant découvert, déglutit avec difficulté.

– Heu, je ne sais pas. Je m'imaginais cela ainsi, c'est tout.

– Je sais seulement que Jacob a combattu toute la nuit un ange et je pense que si cet ange avait été du sexe féminin, il n'aurait probablement pas, après une nuit de lutte, réussi à terrasser Jacob!

– Alors peut-être qu'il y a des anges masculins et d'autres féminins?

– C'est fort possible après tout. Mais tu ne devrais pas te préoccuper trop de ces choses-là. Elles sont vraiment mineures au fond, tu sais.

Julien était plus perplexe que jamais. Était-il en train de tomber amoureux d'un ange masculin ou d'une ange féminine? Il prit soudain peur à la pensée qu'il n'y avait peut-être que des anges masculins! Aurait-il par hasard des tendances homosexuelles?

C'est alors que Julien était plongé dans une série de réflexions hautement philosophiques que se produisit, un jour, un incident qui allait accaparer son attention pendant l'office religieux. Au moment de l'élévation, au beau milieu du silence de l'adoration, un pépiement se mit à vibrer sous les voûtes de la cathédrale. Un passereau était entré dans l'édifice et se trouvait maintenant captif dans cette sainte prison.

L'oiseau qu'il pensait être un martinet volait à toute vitesse d'un porche à l'autre, du transept nord au transept sud. Il restait toujours dans les hauteurs au niveau du columbarium où il avait élu domicile. Il prenait des virages vertigineux lorsqu'il bifurquait soudain sur la nef centrale pour se précipiter vers la rosace centrale qui se trouvait tout au fond, au-dessus de l'orgue. A deux ou trois reprises pendant le service, il vint troubler le recueillement des fidèles.

Julien avait la tête au ciel. Il en avait momentanément oublié l'archange Gabriel et le rite qui se déroulait dans le chœur. Son père dut lui lancer quelques regards courroucés pour l'obliger à se conformer aux exercices de la cérémonie.

A la sortie, sur le parvis il ne fut question que de l'oiseau perturbateur. Si quelques fidèles trouvaient agréable sa présence dans la cathédrale, c'était l'avis général que l'oiseau était non seulement un perturbateur mais encore un pollueur qui n'allait pas manquer de délester sur les pauvres innocents sa fiente. Ah! Non alors! Il fallait faire quelque chose.

Un sexagénaire prit sur lui d'en parler au sacristain. Julien qui prêtait une oreille attentive à tous ces propos comprenait mal la position des uns et des autres. Il aurait bien voulu dire à tous ces braves gens que Jésus lui-même aimait les oiseaux et les faisait venir à lui mais il n'osait pas car il sentait bien que son opinion serait traitée avec condescendance.

En rentrant à la maison, il entreprit de connaître la position de son père. Celui-ci considérait tout cela comme une distraction indigne d'attention même s'il comprenait ces braves dames qui craignaient pour leur toilette.

– Que va-t-il arriver à l'oiseau?

– Il va sûrement périr de faim et de soif.

– Il va mourir dans la cathédrale?

– C'est obligé. On ne peut pas le faire sortir. Même si l'on ouvrait toutes les portes en grand, les chances qu'il trouve la sortie sont infimes car il reste toujours dans les hauteurs, là où la clarté du jour lui parvient tamisée à travers les vitraux.

– Mais on ne peut rien faire?

– Je crains que non.

– Et comment va-t-il mourir?

– Il va dépérir lentement. Privé d'air frais, restreint de lumière et d'espace, effrayé par les chants des fidèles et les sermons amplifiés par les microphones, et surtout abruti par le vacarme des orgues, il va devenir fou de peur. Il sera grisé aussi par les émanations d'encens et l'odeur des cierges et souffrira beaucoup avant de mourir lentement sur quelque corniche isolée. Il aurait mieux valu qu'il rencontre une mort violente et subite.

Julien n'avait pas pensé à cette mort horrible. Les mots de son père venaient de faire forte impression sur lui et il résolut de ne pas permettre cette atrocité.

Le lendemain, en revenant de l'école, il entra dans la cathédrale. Il découvrit à sa grande satisfaction que le sanctuaire était presque désert. Dans les nefs latérales, seules quelques femmes priaient devant des autels éclairés de cierges. Mais il ne voyait personne dans la nef centrale ni dans le transept. Il se figea contre le pilier droit de la croisée du transept, celui qui se situe au bout de la première rangée. Et il attendit.

De là, il avait une vision circulaire complète sur la voûte qui se scindait en quatre directions. C'était un excellent poste d'observation. Ainsi placé à la croisée du transept, il contrôlait l'ensemble de la cathédrale. Son père lui avait expliqué que la raison d'être du transept était de représenter l'image de la croix dans le plan même de l'édifice. La croix où Jésus était mort, symbole de la vie éternelle. Il avait bien mémorisé son catéchisme, même si les subtilités théologiques lui échappaient souvent. Mais aujourd'hui, il voulait croire à ce paradoxe. Il voulait y croire pour son ami l'oiseau qu'il guettait dans les hauteurs.

Il n'entendait rien. « Peut-être dort-il » se dit-il.

Ce n'est qu'au bout d'un long moment qu'il entendit le piaillement caractéristique en même temps qu'une forme noire passait et repassait au-dessus de la croisée. Julien essayait de repérer si l'oiseau évoluait selon un modèle précis. Comme la forme noire ne lui était visible que lorsqu'elle traversait les traînées de lumière irradiant des vitraux, il ne pouvait suivre le circuit complet du volatile, ce qui compliquait énormément sa tâche.

Soudain, la forme noire s'immobilisa contre un vitrail. Julien retint son souffle. L'oiseau devait avoir buté d'innombrables fois contre les vitraux en croyant s'enfuir de sa prison. Maintenant, il venait s'agripper à la structure métallique noire qui soutenait les différents verres teintés entre eux. Et là, il devait s'affoler en se sentant si près de la liberté qu'il touchait de son aile. Puis il reprenait sa ronde devenue monotone, avant de se reposer sur un autre vitrail, près de la lumière et du ciel.

L'oiseau s'essoufflait vite et ne restait que peu de temps à voler. Julien devina que, sans nourriture depuis un ou même peut-être plusieurs jours, le corps du petit être devait être épuisé. Il lançait ses dernières forces vives dans des tentatives désespérées. Bientôt il tomberait d'épuisement quelque part dans l'immense solitude des vénérables pierres du sanctuaire, et alors Julien ne pourrait plus rien pour lui.

Il devait agir, et aujourd'hui. Demain, l'oiseau ne pourrait peut-être plus voler. Julien jeta un regard circulaire dans les rangées de chaises. Toujours personne dans la nef. Vite il posa son sac d'école sur le sol, en extirpa sa fronde. Il prit un caillou dans sa poche, chargea son arme et se coula à genoux afin de dissimuler ses mains derrière la chaise. Il attendit, attentif à la fois aux évolutions de l'oiseau et aux bruits autour de lui.

L'oiseau venait de se poser à nouveau sur un vitrail du transept sud. Julien le voyait, petite tache noire au milieu d'un océan de couleurs rouge, jaune et bleu. Il se dressa entre les chaises, banda ses petits muscles de toutes ses forces, s'appliquant à ne pas trembler, oublieux de tout ce qui l'entourait. Il avait la forme noire dans sa ligne de mire. C'est au moment qu'il lâcha son coup qu'il s'aperçut que l'oiseau s'était réfugié contre l'Archange Gabriel et Julien, pétri d'effroi, vit partir le projectile meurtrier.

Un léger bruit cristallin se fit entendre, suivi d'un choc mat. Puis un silence de mort, annonciateur de la fin des tourments du passereau dont le petit corps, fauché contre le vitrail, vint s'écraser sur une corniche dans un bruit à peine perceptible que Julien fut le seul à entendre. Le garçon qui savait que l'oiseau n'avait pas souffert se sentit délivré d'un poids immense et en accord avec sa conscience.

Alors il releva lentement les yeux et découvrit que l'Archange Gabriel avait été atteint aussi par le projectile. Le vitrail avait tenu, car il n'avait reçu le caillou qu'en ricochet. Le corps de l'oiseau avait amorti le choc et avait ainsi protégé le vitrail qui n'avait subi qu'un dommage mineur sous la forme d'un léger fendillement qui barrait le visage de l'Archange et lui conférait désormais un air de noble virilité.

Le Quai De Gare

– Cliquetac! cliquetac! cliquetac!

Un bruit éloigné résonne à travers le profond silence.

– Cliquetac! Cliquetac!

Sur le quai, une foule de gens attend le train de 7 heures 20.

– Cliquetac! Cliquetac!

Certains sont plongés dans la lecture de leur quotidien du matin. D'autres font les cent pas car il ne fait pas chaud sur ce quai de gare.

– Cliquetac! Cliquetac! Clique...

Le bruit vient de s'arrêter. Mais qu'est-ce donc? Après quelques secondes d'attente, je me replonge dans l'analyse de la matinée qui m'attend. Voyons, ce matin, je commence ma première classe par *la Ballade des Pendus* de ce cher Villon. Et mon objectif pédagogique est clair: faire passer le frisson d'horreur qui traverse ce poème.

– Cliquetac! Cliquetac!

Tout à Villon, je ne remarque pas tout de suite que le bruit a repris. Je suis pris par la magie macabre de cette poésie, hypnotisé par ces corps de pendus « plus becquetés d'oiseaux que dés à coudre ». Brrrr! Quelle image! Vraiment impressionnants, ces corps déchiquetés par des becs d'oiseaux!

– Cliquetac! Cliquetac! Cliquetac!

Mais que ce bruit est désagréable! Ce cliquetac incessant, c'est comme, oui c'est ça, c'est comme des becs d'oiseaux qui viendraient me picorer l'esprit au moment où j'essaie de me concentrer sur mon poème. Voilà donc d'où vient ce désagrément qui m'irrite! L'oreille en éveil, je cherche dans la direction d'où vient le bruit. Je remarque à ce moment-là que toutes les têtes se tournent dans la même direction que moi, vers le quai en face de nous, le quai numéro un.

Attiré maintenant par la curiosité, je délaisse avec un peu de honte, je dois bien l'avouer, la beauté poétique de mes corps pendus au bout de leur gibet. Je tends le cou pour voir plus loin. Je regarde dans la direction des voies qui s'enfoncent dans le demi-jour matinal jusqu'à l'endroit où trois lumières rouges marquent les limites de la zone éclairée.

Il n'y a que bien peu de gens sur le quai numéro un. Et comme le bruit vient juste de s'arrêter à nouveau, je reprends le cours de mes pensées. Donc, je disais: comment faire comprendre à ma bande de chenapans la portée profonde de la poétique de Villon, sa dimension métaphysique, son angoisse existentialiste ancrée dans un réalisme moyenâgeux qui considère la mort sous des traits auxquels l'homme du XXe siècle n'est plus habitué?

– Cliquetac! Cliquetac! Cliquetac!

Cette fois-ci, j'oublie toute la problématique poétique sur le champ. Là-bas, bien loin encore, un homme bouge. Un homme? Une forme plutôt, un être indéfinissable qui s'avance, à pas comptés, non, à béquilles comptées, oui c'est cela, il a des béquilles, et il avance en s'appuyant lourdement sur elles. Cliquetac! Cliquetac! c'est cela le bruit, le martèlement des béquilles sur le ciment du quai numéro un! Cliquetac! Cliquetac!

Je suis tout content d'avoir élucidé le mystère qui entourait ce bruit bizarre et énigmatique. Ma curiosité maintenant assouvie, je m'évertue de me replonger dans le déroulement de ma classe de littérature. Alors donc, je disais que Villon ...

Mais le bruit a repris, et il m'enlève à ma méditation. J'observe l'homme qui s'avance lentement mais sûrement dans ma direction. Il passe devant les voyageurs qui attendent le train de 7 heures 20. Il les dépasse tous, un peu comme s'il les passait en revue. Sa progression est si lente, si lente, que chacun *in petto* se met à lui souhaiter d'aller plus vite. C'est insupportable ce bruit!

Il va enfin arriver au niveau de la section B. Puis ce sera la section A, celle où je suis, à l'extrémité du quai. Pour la première fois, je me mets à observer sa démarche de plus près. Quelle épreuve! Quel spectacle! Il balance son corps d'un coup en avant, puis ramène ses deux béquilles, le temps de laisser choir ses pauvres pieds qui viennent racler le ciment et voilà qu'il relance son corps en avant, dans une tension totale de son être, et c'est ainsi chaque fois, pour gagner un mètre, pour faire un pas: il doit tout donner, cependant que sa tête peine à suivre le mouvement général de son corps et semble partir en diagonale.

Soudain, il s'arrête pour souffler. Les yeux tournés vers notre quai, il regarde, il nous regarde, il nous dévisage, avec un air où certains pourraient voir une trace de défi mais qui est tout simplement un mélange de désespoir et d'innocence, derrière de gros verres de lunettes qui déforment son visage, son doux visage de pauvre être paumé.

– Han!

Il est reparti dans un cri qui fend l'air et déchire nos cœurs repus d'employés modèles à qui, sans que nous le sachions, tout réussit. Je remarque dans sa main gauche, une pochette en plastique qu'il serre de ses doigts crispés sur la béquille. Qu'y a-t-il donc dans cette pochette pour qu'il prenne la peine de s'en embarrasser ainsi? Ce doit être quelque chose de bien important pour lui! Car c'est dangereux, ce qu'il fait. Il pourrait relâcher son étreinte sur la béquille à cause de cette poche en plastique. Et alors, sur une surface glissante, par temps de pluie par exemple, il pourrait s'étaler par terre d'où il ne pourrait se relever.

De plus, glisser ainsi sur un quai de gare, c'est vraiment dangereux. Il y a toutes sortes d'imprévus, les mouvements de foule, les mauvaises rencontres et ces petites voitures électriques qui fondent sur vous sans qu'on les entende et qui émettent un bruit de klaxon étouffé au tout dernier moment afin de se frayer un chemin. Lui, c'est sûr, n'aurait pas le temps de bouger.

Je me représente alors la collision, choc feutré, puis le bruit des béquilles qui viennent rebondir sur la surface dure du sol. Et puis le silence, l'absence de cliquetac, et ce corps qui ne bouge pas, qui ne bouge plus.

Alors que j'imagine ce scénario catastrophe, mon handicapé a repris son calvaire de chemin. Il me fait penser à certains de ces animaux qui n'avancent ainsi que par une torsion générale de leur corps, les vers de terre, les reptiles, c'est cela, il me fait penser à la catégorie des rampants, des mille-pattes.

Il vient de s'arrêter à mon niveau et me regarde. Ou plutôt, il jette dans ma direction un regard éperdu, narquois, timide, insouciant, je ne sais plus, mais le reflet de la monture de ses lunettes accroche mon œil et mon esprit, je ne peux plus détacher mon regard de lui, je me sens happé par... Je n'aime pas cette impression qui m'envahit! Eprouverais-je de la pitié pour cet inconnu? Vraiment un bien joli cadeau à lui faire! J'ai honte de moi et imagine bizarrement qu'il se trouve sur un terrain miné de peaux de bananes et qu'il ferait bien de faire attention où il pose ses cannes. Oui, tu m'entends, ami? fais attention!

Ai-je parlé à haute voix? Il semble qu'il ébauche un sourire dans ma direction. Je fais un geste involontaire de la main à son intention. M'a-t-il vu? Aurait-il remarqué mon geste et se pourrait-il qu'il éprouve à mon égard autant de pensées que moi envers lui? Je me sens angoissé par cette idée qui augmente encore plus ma gêne. Je ne me sens plus à l'aise sur le quai où j'ai pris l'habitude de transiter chaque matin en toute quiétude, troublé seulement par la lecture des catastrophes quotidiennes dans le journal du matin. Mais ces catastrophes apparaissent virtuelles, elles sont sur un bout de papier, elles ne sont pas là en face de moi, sur le quai numéro un, dans des poses hallucinantes à faire peur à de jeunes enfants!

Ami, pars, prends ton courage à deux mains, empoigne tes béquilles et oublie-moi, oublie que tu m'as vu car vraiment je ne vaux pas la peine d'un regard. Tu vois, maintenant, pour tout te dire, je suis reparti dans le méandre incompréhensible de mes douteuses pensées. Je te vois t'éloigner de moi dans un mouvement plus violent qu'à l'habitude, et ce faisant, tu perds le fragile équilibre dans lequel tu te meus avec pourtant grande agilité, mais là, cette fois, probablement à cause de moi et des pensées que tu as su lire sur mon front, tu as chaviré, oui tu as versé dans une misérable pirouette sur la voie numéro un, au moment où la locomotive entrait en gare, et tu as perdu tes béquilles et tes lunettes, dans une chute qui t'a fait percuter le froid métal des rails où tu es resté immobile, les prunelles grandes ouvertes et – stupeur! – fixées dans ma direction, – oui, dans ma direction! – comme si tu voulais me dire quelque chose, nous dire à nous tous, tes frères humains, de n'avoir point le cœur endurci.

Le Collectionneur

Quand on le voyait, on était mal à l'aise. Quelque chose dans son physique, peut-être ce nez fin trop long, ou cette tignasse ébouriffée, ou encore ces yeux ardents qui dardaient deux braises dans l'âme de son interlocuteur.

Puis, dès qu'il ouvrait la bouche, une voix suave, une voix chaude, chaleureuse faisait oublier le malaise de la première impression.

Il sortait peu, et encore moins depuis la mort de sa femme. Je le connaissais depuis longtemps car je l'avais choisi comme médecin traitant. Plus tard, nos liens se sont resserrés quand il m'a demandé de lui enseigner la peinture.

Un beau jour, il me demanda de passer chez lui. Ceci était inhabituel car c'est toujours lui qui venait chez moi pour prendre les leçons de peinture dans mon studio. J'arrivai donc chez lui un peu intrigué.

– Bonjour docteur.

– Bonjour, cher monsieur. Entrez donc.

Ses ongles longs et pointus me griffèrent lors de notre poignée de mains.

Je fus introduit dans le couloir qui donnait à droite sur la salle d'attente – où j'avais souvent attendu mon tour comme patient – et à gauche sur le cabinet médical. Ce jour-là, le docteur passa tout droit et ouvrit la porte du fond du couloir qui ouvrait sur son appartement. C'était la première fois que je franchissais ce seuil.

– Je suis bien heureux de vous accueillir chez moi, pour une fois. Ah! Vous m'avez appris de bien belles choses! Vous êtes un artiste et moi un scientifique et je regrette parfois d'avoir été trop impliqué dans le réel et pas assez dans l'imaginaire.

– Peut-être, mais vous avez quand même peint plusieurs tableaux intéressants et vous avez appris à sentir les choses indicibles et abstraites de la vie.

– Oui, vous avez quand même raison. Écoutez! Je ne vous ai pas fait venir ici pour prendre un cours de peinture. Si je vous ai demandé de passer me voir aujourd'hui, c'est pour vous entretenir d'autre chose qui est en fait en rapport avec mon départ *ad patres*.

– Mais de quoi voulez-vous donc parler?

– Ah cher ami, laissez-moi tout d'abord vous offrir un verre de liqueur.

Il m'offrit un cognac violent qui m'arracha la gorge. Sur la table basse, près de la bouteille de liqueur, se trouvait une photo de sa femme. Pâle, engoncé dans l'oreiller, le visage avait une expression détachée des contingences de la vie. Presque un visage de cadavre.

– Vous voyez ma pauvre femme au moment de l'agonie. Elle n'a pas souffert et est partie paisiblement. Dieu ait son âme! Je la regrette bien, vous savez, depuis son départ.

Le docteur me parlait sur un ton de confidentialité inconnu entre nous jusqu'à ce moment. Manifestement, la mort de sa femme l'avait frappé. Plus je l'écoutais, et plus je prenais conscience du vide qui occupait son existence.

– Avec cette photo, je la sens un peu plus proche de moi. Elle s'est éteinte vite après ce cliché.

Une larme lui glissa sur la joue. J'essayai de le dérider en lui offrant une cigarette. Il me présenta un cendrier minuscule, d'un aspect fort original: pareil à une conque translucide, de forme légèrement convexe, il était formé d'une dizaine d'objets qui semblaient être de petits coquillages soudés ensemble.

— Quel objet original!

— Oui, j'y tiens beaucoup.

— Où l'avez-vous donc acheté?

— Oh! Je ne l'ai pas acheté. Je l'ai confectionné moi-même. En fait, pour vous dire toute la vérité, il est fait, et bien, oui, il est constitué des ongles de ma femme.

Je déglutis avec peine pendant qu'il continuait:

— Après son départ, je n'ai pu m'empêcher de vouloir garder avec moi des reliques de son être. J'ai donc procédé à l'ablation de ses ongles dans le but d'en faire un petit cendrier. Vous savez, ils ont été traités et vernis afin de supporter le contact des mégots de cigarettes.

Et il ajouta, après une pause:

— Ce sont de petits détails comme cela qui me permettent de continuer.

A ce moment-là, il exhiba de dessous sa chemise, un collier qu'il portait autour du cou.

— Ici, j'ai enfilé les dents de ma chère épouse. J'ai toujours l'impression de sentir sa bouche sur mon cou.

J'étais fasciné par ce collier qu'il roulait entre ses doigts. Il s'abandonnait à son rêve, les yeux vagues perdus au loin.

J'en profitai pour jeter un rapide coup d'œil autour de moi. Je remarquai alors une photo géante d'une magnifique créature en robe de soirée, sa femme assurément, qui arborait un sourire ravageur.

— Votre femme était éblouissante, réussis-je à dire en désignant le portrait grandeur nature.

– Oh, oui! regardez ses cheveux longs et moirés!

Il s'était levé et caressait la photo. Puis il ouvrit un tiroir de commode et exhiba un emballage de papier fin qu'il défit. A l'intérieur, se lovaient des mèches de cheveux de près de 30 centimètres de long.

– Je les ai coupées moi-même il y a des années, alors que ma femme voulait changer de coiffure. Je n'ai jamais pu m'en séparer depuis et je suis heureux de pouvoir les toucher, les caresser, les embrasser aujourd'hui.

Et sa main se faisait pateline et tendre. Du dos de ses doigts, il caressait doucement les longues mèches dans lesquelles il enfouit quelques secondes son visage.

– Je veux vous montrer quelque chose de très beau. Quelque chose que personne n'a encore vu!

Il sortit d'un tiroir une sorte de feuille de plastique à l'intérieur de laquelle étaient disposées, séparément, des gouttes de liquide qui avaient été emprisonnées dans l'enveloppe transparente:

– Voyez. je vais présenter cette feuille à la lumière. Regardez comme ces gouttes de larme prennent vie. Vous vous rendez compte, des larmes de ma chère et tendre, de vraies larmes! Ah! Elle pleurait souvent à la fin. Et j'ai eu la bonne idée de recueillir ces torrents de pleurs, de les cristalliser, de les figer ainsi. Je peux maintenant sentir et toucher la tristesse de ma femme, et c'est moi qui pleure maintenant, je pleure en embrassant ses larmes!

Devant tant de profonde tristesse, je ne savais trop que dire. J'admirais cependant les reflets cristallins que les larmes renvoyaient au contact de la lumière.

– Voyez-vous, dans cette pièce, tous les objets ont appartenu à ma femme. Quand je viens ici, c'est pour être avec elle. Vous allez me croire un peu fou, mais ne vous en faites pas. Il n'y pas de cadavre dans un tiroir. Ma femme a été incinérée et son corps dans sa forme humaine n'existe plus. Ce que je cherche à recréer, ce sont des sensations, des sentiments. Pas de nécromancie ni de déviation morbide.

Je croyais rêver!

— Vous connaissez l'histoire de Dorian Gray, vous un artiste. Ce n'est même pas de cela qu'il s'agit non plus. C'est beaucoup plus simple. Je vais mourir bientôt. Je vais aller la rejoindre.

Il s'était levé et se dirigeait vers un coin de la pièce qui était resté sombre. Il alluma une lampe sur pied et retira une housse d'un chevalet de peinture.

— Voici un portrait de ma femme. Je l'ai fait moi-même. C'est ma dernière œuvre.

Je regardais le visage expressif, un beau visage de femme. Sans aucun doute, il y avait une ressemblance avec les deux autres photos qui étaient dans la pièce.

— Je pense que vous aviez une très belle femme et que votre tableau met sa beauté remarquablement en évidence.

— J'ai étudié l'art du portrait avec vous et c'est grâce à vous que j'ai réussi à faire cette œuvre. Je veux que vous sachiez que ce tableau compte beaucoup pour moi. Il n'a pas de prix. Il *est* ma femme.

— Que voulez-vous dire?

Il se campa droit devant le portrait qu'il étreignait tendrement.

— Je veux dire que ma femme est ici, dans ce tableau. J'ai mélangé les cendres de ma femme aux peintures utilisées pour faire ce portrait. Elle est donc là, elle me regarde, elle nous écoute.

– Vous… vous avez mélangé les cendres de votre femme aux peintures du tableau!

J'étais stupéfait de cette annonce. Mais lui, pris par un vertige de nostalgie amoureuse, continuait:

– Écoutez, je veux que vous l'entendiez. Elle va nous parler.

Et il décrocha le téléphone en branchant le haut-parleur. Sceptique, je m'inquiétais de la suite des événements. Après 3 sonneries, une voix de femme répondit:

– Allô, mon chéri! Je suis sortie pour quelque temps. Si tu as quelque chose d'important à me dire, laisse un message sur le répondeur. Je te rappelle qu'il fait froid. Donc, couvre-toi bien. Je t'aime.

– Vous voyez, elle me parle!

Et il brandissait dans sa main qui tremblait le combiné téléphonique. Je n'en pouvais plus. La tension était à son comble. Il me fallait sortir de cette situation.

– Comment cela est-il possible?

Je m'inquiétais de plus en plus et croyais pouvoir diagnostiquer un cas de folie aiguë, lorsqu'il me ramena à la réalité:

– Cette ligne est branchée sur la niche du columbarium où repose encore une partie de ses cendres. Quand j'ai besoin d'entendre sa voix, je décroche et j'entends toujours un message qu'elle m'a laissé. Ce sont de vrais messages enregistrés sur notre répondeur téléphonique et que j'ai réussi à conserver. Nous avons une vraie vie, à la fois réelle et factice! Vivre ainsi avec elle m'aide encore à vivre un peu.

Je ne savais plus que penser. Etait-il fou à lier? Ou simplement fou de douleur? Cherchait-il des dérivatifs dans des palliatifs qui recréaient une illusion de vie heureuse? Je voulais savoir maintenant pourquoi il m'avait fait venir.

– Cher ami, je suis heureux que vous ayez réussi à maintenir avec votre épouse un contact si fort, si personnel.

– Oui, c'est vrai. Et c'est surtout grâce à l'art. La médecine s'est révélée très vite impuissante devant la maladie. Et c'est grâce à vous, à l'art, que je continue à vivre, à communiquer avec elle.

Et il pointait son doigt effilé vers le tableau.

– Mais malheureusement, je sens que je faiblis et je sais que bientôt je partirai moi aussi. C'est d'ailleurs pourquoi vous êtes ici.

– Que puis-je donc faire pour vous?

– Écoutez, ceci est une requête très spéciale. Il n'y qu'à vous que je puis la demander. J'ai pensé à vous car nous nous connaissons depuis fort longtemps, et de plus je dois faire appel à votre expertise, à votre art, pour la dernière fois.

– Et bien je vous écoute.

– Je vais vous demander de faire mon portrait.

– Ce sera avec plaisir.

– J'en suis enchanté. Je vous contacterai donc dans le futur proche pour en établir les détails.

Plusieurs jours passèrent. La vie m'absorbait à nouveau dans sa plate routine mais je n'oubliais pas l'étrange découverte que j'avais faite ce jour-là. Un matin, je reçus une lettre de Maître Bonnet qui me convoquait à son étude pour une affaire concernant mon ami le docteur X "récemment décédé".

Sous le choc de cette nouvelle que j'apprenais ainsi indirectement, je me précipitai le lendemain chez le notaire, travaillé par le fait que mon ami était parti sans me revoir, sans que j'aie pu brosser son portrait comme il me l'avait demandé.

A l'étude, le notaire m'attendait avec un air de circonstance approprié. Il m'indiqua que dans les dernières volontés de mon ami, il y avait une lettre et une boîte qui me revenaient. L'entrevue fut très courte. Je courus chez moi et décachetai la lettre que voici:

Mon cher Z.:

Depuis notre long entretien, ma santé va faiblissant. Aussi, je me vois contraint de vous écrire cette lettre que vous recevrez après mon départ. Je viens vous rappeler ma requête pour faire un portrait. C'est un portrait <u>posthume</u> que je vous demande de faire, d'après la photo que vous trouverez ci-joint. Egalement, vous trouverez le règlement du cachet que vous m'auriez présenté. J'ai un peu forcé le montant car la requête que je vous demande n'est pas vraiment banale et il y un élément capital que je vous demande à tout prix de remplir en faisant ce tableau: veuillez mélanger aux peintures que vous utiliserez les cendres qui sont dans la boîte que le notaire vous remettra avec cette missive. Ces cendres sont les miennes et le reste de celles de ma très chère épouse. Elles ont déjà été mélangées par les soins de maître Bonnet. Vous allez ainsi immortaliser sur la toile l'union totale de deux êtres, corps et âmes mêlés pour l'éternité, un amour absolu, complet, indélébile. Merci encore mille fois pour votre collaboration. Je vous laisse le tableau que je sais en mains sûres et que je vous offre comme un gage supplémentaire de notre amitié.

Et c'est ainsi que, depuis cette époque, je vis avec mon ami le docteur X. et sa femme qui ne me quittent jamais car ils ont pris possession de mon studio où ils occupent une place de choix.

Castor Et Pollux

Depuis plus de 50 ans, ils se connaissaient et s'appréciaient immensément. Ils s'étaient rencontrés sur un court de tennis dans les vertes années de leur adolescence et c'est au contact l'un de l'autre qu'ils continuaient à puiser la motivation pour continuer à jouer.

Ils avaient eu leur moment de gloire lorsque, sélectionnés pour les tournois du grand chelem, ils avaient fait une brève apparition dans les circuits officiels, même s'ils n'avaient jamais figuré parmi l'élite qui obnubile les médias et fait courir le grand public.

Aucun d'eux n'avait réussi à accéder aux quarts de finale d'un grand tournoi. Aucun d'eux n'était parvenu à attirer l'attention de la caméra par son originalité, son excentricité ou son coup droit dévastateur. Ils étaient restés dans la bonne moyenne où se morfondent des légions de stars en herbe qui devront se contenter toute leur vie de places subalternes.

Mais ils avaient au cœur la passion du tennis. Ils vivaient pour et par ce sport. Ils couraient les tournois et, lorsqu'ils n'étaient pas sélectionnés parmi les acteurs, ils se mêlaient à la foule bigarrée de ces moments grandioses qu'ils n'auraient manqués pour rien au monde.

Une amitié était née au fil des années et, en dépit des liaisons féminines qui avaient émaillé la vie de l'un et de l'autre, ils étaient restés tous les deux célibataires, trouvant un équilibre parfait et une totale satisfaction dans la pratique régulière du tennis en compagnie l'un de l'autre.

Pareil attachement s'était vite remarqué et les plus folles rumeurs avaient circulé à leur sujet dans tous les circuits tennistiques. On les avait officieusement baptisé Castor et

Pollux et ils s'étaient plaisamment accommodé de cette appellation qui était devenue quasi officielle. On en oubliait même leurs noms d'origine car les deux amis semblaient prendre un certain plaisir à entendre prononcer leurs sobriquets et à jouir ainsi d'une nouvelle identité.

Ils jouaient ensemble depuis plus de 15 ans lorsque leur routine quotidienne fut soudain interrompue par un accident dont fut victime Pollux. Pendant deux mois, celui-ci dut passer d'hôpital en clinique, puis de clinique en maison de convalescence avant de sortir, heureux certes, mais diminué. Les séquelles de l'accident et les résultats de l'opération faisaient que Pollux pouvait toujours marcher mais sans trop presser le pas, et il ne pouvait plus vraiment ni courir ni se baisser. Ce dernier détail importait peu car il existait mille moyens à un joueur chevronné comme lui pour ramasser une balle sans se baisser. Mais le fait de ne plus pouvoir démarrer brusquement le tracassait davantage.

Pendant cette absence loin des courts, Castor avait journellement rendu visite à son ami dans les différents établissements par lesquels il était passé. Il s'était morfondu sans son ami et avait boudé les courts de tennis car, sans Pollux, il n'y trouvait aucun attrait. Il était donc resté chez lui, à méditer sur les surprises que réserve l'avenir, se contentant de passer et de repasser la collection impressionnante de cassettes des grands moments de l'histoire du tennis qu'il conservait chez lui.

Il adorait l'Américain Tilden, les quatre mousquetaires français, le grand champion australien Laver et Bjorn Borg, le dernier joueur à qui il reconnaissait la grande classe. Il lui arrivait, en visionnant d'anciennes rencontres, de laisser couler une larme qu'il essuyait d'un revers de main. Il ne savait trop s'il devait attribuer ce relent de sentimentalisme à la nostalgie des années passées et perdues ou à la tristesse de savoir son ami immobilisé dans un lit.

Lorsque Pollux était finalement rentré chez lui, Castor avait cru que la vie antérieure allait reprendre avec ses rendez-vous 5 jours par semaine pour taper dans la balle, revivre dans l'atmosphère feutrée des country-clubs, côtoyer le gratin tennistique du moment, se faire inviter aux galas, être présent aux grandes rencontres! Mais, très vite, la réalité lui était apparue différente: Pollux ne se remettait que lentement de ses épreuves et nul ne savait dans quelle mesure l'opération laisserait des séquelles.

La prise de conscience de cette situation avait jeté un voile noir sur sa vie entière. Il semblait perdre la motivation même qui avait donné à sa vie, jusqu'alors, son piment et sa raison d'être. C'est même Pollux qui, un jour, par une phrase laconique, lui fit entrevoir une réalité ignorée jusqu'alors:

– Te rends-tu compte que nous allons entrer bientôt dans la glorieuse cinquantaine?

Non, il ne s'en était pas rendu compte du tout. Pollux avait dû en prendre conscience par l'épreuve qu'il venait de subir. Mais pour lui, Castor, c'était moins évident à accepter. Toujours est-il qu'il ne ressentait pas ce passage du temps dans sa chair. Il lui était extrêmement difficile de concevoir qu'il arrivait doucement à un âge où sa façon de jouer pouvait commencer à faire sourire.

Un événement allait l'aider à comprendre pourtant parfaitement la situation qui était la sienne. Bjorn Borg, l'étoile incontestée de la décennie écoulée qui avait arrêté au sommet de sa carrière, essayait de faire un retour sur les courts après plusieurs années d'arrêt total de compétition. Auréolé d'une gloire peu commune et d'un palmarès impressionnant, on attendait son retour avec autant d'intérêt que celui du boxeur

Mohammed Ali qui avait, après des années d'inaction, reconquis son titre mondial des poids lourds.

Or, tous les efforts de Bjorn Borg n'avaient servi qu'à faire de lui un piètre figurant face à des joueurs beaucoup plus jeunes et pratiquement inconnus. Le retour du champion s'avéra un échec total, même si, à chaque apparition, le champion empochait une bonne liasse de billets dont la rumeur disait qu'il avait grand besoin.

Mais l'élément troublant était que Bjorn Borg était vertigineusement plus jeune que Pollux et que lui!

Il était tellement remué par cette affaire qu'il ne manquait aucune des prestations de l'ancien champion dont il souhaitait la victoire à chaque fois. Sa déception eut une portée psychologique énorme sur lui: privé de son partenaire pour s'entraîner et déçu par les revers humiliants que subissait son ancienne idole, il commença à sombrer dans un pessimisme qui n'échappa pas à Pollux.

– Je te trouve bien changé depuis quelque temps. Il y a quelque chose qui ne va pas?

– Oh, tu sais! Depuis qu'on ne joue plus ensemble, je ne me sens pas tout à fait le même. Je ne réalisais pas à quel point ces parties m'étaient bénéfiques.

– C'est la même chose pour moi. Ecoute, il faut à tout prix qu'on reprenne l'entraînement!

– Ah! Je suis content de t'entendre dire cela car je ne savais pas si tu voudrais reprendre!

– Mais bien sûr que je veux. La seule différence est que je ne serai pas aussi mobile ni aussi leste qu'avant.

Et d'ajouter, avec un clin d'œil:

– Mais après tout, on n'a plus vingt ans.

Castor eut comme une décharge électrique. Pollux lisait-il en lui ou bien cela était-ce purement fortuit? Il ajouta, après un moment de silence:

— Oui, ça c'est bien vrai. On n'a plus vingt ans. Je me sens très vieux d'un seul coup.

— Eh bien écoute! Ce n'est pas dramatique. On va continuer notre orgie de tennis: galas, exhibitions, matches du grand chelem, et surtout entraînement comme avant, cinq fois par semaine!

— Mais tu es sûr que tu pourras?

— Bien sûr, mais à condition de modifier un peu les règles.

— Comment cela?

— Voilà: d'après les docteurs, l'exercice ne m'est pas interdit, au contraire. Mais je dois faire attention. Aussi, lorsque tu m'enverras la balle, celle-ci ne devra jamais atterrir à plus de deux foulées de l'endroit où je me trouve. Sinon, elle sera out!

— A deux foulées d'où tu seras? Pas facile ça!

— Alors tu es d'accord?

Après une légère pause, Castor répondit:

— Oui, bien sûr. Mais il est évident que tu auras ainsi un avantage certain.

— Je sais que ce n'est pas un problème pour toi. Je me rappelle la précision de tes services quand on s'entraînait à viser un mouchoir blanc posé dans le coin opposé du court. Tu étais presque aussi précis que le grand Borotra! Tu touchais le mouchoir beaucoup plus souvent que moi!

Les deux amis s'animaient dans une discussion qui redonnait soudain un apport d'oxygène à leur vie future. Ils reprirent leur entraînement et pendant une dizaine d'années de plus, ils continuèrent à jouer à leur manière. En son temps, la règle des deux foulées s'appliqua aussi à Castor lorsque celui-ci, alors sexagénaire commença à souffrir de crises de goutte.

A l'approche de la septantaine, ils décidèrent d'un commun accord de ne plus servir "par-dessus", car l'effort leur en coûtait trop. Ils servirent donc "à la cuillère", comme font les enfants. Et cela les satisfaisait pleinement, tant que la balle vivait, continuait à franchir le filet dans l'incessant va-et-vient, véritable cordon ombilical entre les deux compères.

Les méfaits du temps firent qu'un jour, d'un commun accord, ils durent arrêter. Alors, pour ne pas sombrer dans le gâtisme, ils se lancèrent dans le tennis de table qu'ils connaissaient pour y avoir joué un peu autrefois. L'aire limitée de jeu leur convenait mieux car il n'était nul besoin de courir. Cependant, pour se ménager un peu, ils décidèrent très vite d'éliminer de leurs parties les smashes. Et ainsi, ils passèrent encore quelques années heureuses, en jouant au ping-pong à leur manière.

Ils se connaissaient donc depuis plus de 50 ans lorsque Castor dut rentrer dans une maison de santé. L'âge, le responsable de cet état de fait, mettait en péril tout le système de rapports entre les deux amis qui seraient bientôt octogénaires.

Pollux errait comme une âme en peine. Il marchait avec de plus en plus de difficulté mais se faisait un point d'honneur de rendre visite tous les jours à Castor. Ce dernier dépérissait lentement et Pollux résolut de faire quelque chose pour redonner à son ami un peu goût à la vie. Il entra dans un magasin d'électronique et en ressortit avec un paquet. Sur son visage errait un sourire bizarre.

Castor somnolait quand son ami lui glissa le cadeau dans la main.

– Tiens! je t'ai apporté quelque chose!

Castor sortit de son demi-sommeil. Il ne revenait à la réalité qu'avec difficulté et semblait déjà côtoyer cette lisière où l'au-delà semble parfois plus attirant que l'ici-bas.

– Merci vieux frère.

Il ôta le papier et vit une de ces machines japonaises sur laquelle était écrit le mot: Nintendo.

– Qu'est-ce que c'est?

Son regard dubitatif réconforta Pollux qui craignait que son ami, comprenant de quoi il s'agissait, ne veuille pas l'accepter.

– C'est un jeu électronique. C'est un jeu de tennis!

– Un jeu de tennis?

– Oui. Je vais t'expliquer.

Pollux brancha la Nintendo sur l'écran de télévision et en moins de cinq minutes, Castor avait compris le système de manipulation des manettes du jeu. Les deux amis pouvaient à nouveau rejouer à leur jeu favori, faire des échanges sans fin, finasser avec les bordures du court et faire courir l'adversaire à loisir.

Ils passèrent ainsi plusieurs heures à leur occupation favorite et lorsque Pollux dut quitter les lieux, Castor voulut continuer à jouer seul un moment.

Au matin, l'infirmière le trouva mort devant l'écran allumé où brillaient les mots: GAME OVER.

Le Hachoir

Martial le boucher adorait son métier. Depuis de longues années, il éventrait les carcasses, broyait toutes sortes d'os, fracassait des cages thoraciques, sectionnait des tendons, déboîtait des articulations, froissait les viandes, s'énervait sur les nerfs, s'excitait sur les muscles, s'émouvait sur les morceaux tendres, s'enivrait de la vue du sang lorsqu'il plongeait ses poings dans les entrailles ensanglantées, se délectait dans les tréfonds honteux des carcasses fumantes. Le boucher s'adonnait avec zèle au grand carnage qui remplissait ses journées. Et lorsqu'il avait fini son travail à la boucherie, il se rendait à l'abattoir où il équarrissait les animaux et, à l'occasion, ne dédaignait pas de leur loger une balle dans la tête avant de les dépecer.

Pour accomplir cette tâche de bourreau de chair morte, il utilisait un vieux hachoir au manche en bois clair doté d'une énorme lame inoxydable, un hachoir qui avait enfoncé, éventré et écartelé des milliers de poitrails. L'acier du couperet était cependant resté parfait comme au premier jour et Martial affectionnait tellement cet ustensile qu'il l'utilisait à toutes sortes de découpes pour lesquelles il aurait normalement dû employer des lames plus fines.

C'était un sujet de grand étonnement pour les clients et surtout pour les enfants que la prestance de l'homme dans l'exercice de son commerce lorsqu'il se mettait à entailler la viande pour un client et d'un seul coup, au moment où l'on ne l'attendait pas, hop, le voilà qui lançait son arme en l'air, assez haut pour qu'elle fasse une belle courbe, telle une crêpe que l'on fait sauter dans la poêle un jour de Chandeleur, et hop, voilà qu'il rattrapait son outil par le manche, sans jamais l'ombre d'une bavure.

Les vieilles dames fronçaient bien les sourcils devant une telle extravagance mais aucune n'avait jamais eu à lui reprocher quoi que ce soit, sinon d'hypothétiques prises de risque inutiles. Les enfants, eux, ouvraient des yeux immenses dans lesquels venaient se refléter les éclairs de la petite guillotine qui opérait son « pas de danse» bien réglé. Mais c'étaient les femmes qui étaient le plus impressionnées par cette prouesse. Voir la dextérité de cet homme aux puissants biceps se jouer avec une telle aisance à la fois de la pesanteur et du danger potentiel que représentait cette lame acérée jetait dans les yeux de certaines une lueur secrète teintée de reflets coupables, une lueur qui s'intensifiait jusqu'au moment où leurs corps se raidissaient imperceptiblement lorsque le hachoir, repris en plein vol par la main de Martial, venait se ficher d'un bruit sec dans l'épaisse planche de chêne.

Certains mauvais esprits du village prédisaient bien qu'un jour ou l'autre l'inévitable se produirait, selon l'adage connu qu'on ne doit pas jouer avec le feu. Mais en attendant, le spectacle inédit qui se produisait chez le boucher avait acquis une telle renommée qu'il avait revêtu un aspect commercial important et l'on n'hésitait pas à le présenter comme une curiosité locale aux touristes.

Un jour que Martial était en train d'aiguiser amoureusement sa lame fétiche, un représentant en coutellerie était passé à la boucherie et avait exposé sur le comptoir toute une gamme impressionnante de produits trempés pour certains dans les fabriques de Thiers et d'autres dans les non moins célèbres ateliers de Tolède en Espagne. Martial avait tout inspecté avec une extrême attention et n'avait pu retenir une certaine forme d'admiration pour l'évolution irréversible de la technique. Il avait acheté deux petits couteaux à lames fines pour la coupe de finition mais n'avait manifesté aucun intérêt pour les ustensiles lourds. A la remarque du représentant qui s'étonnait que Martial n'ait qu'un seul hachoir, il avait répondu:

– Ce hachoir est tout ce dont j'ai besoin.

Surpris, le représentant avait alors entrepris de convaincre Martial de la supériorité de l'équipement qu'il transportait avec lui. Mais rien n'y fit et le boucher resta complètement sourd à toutes les tentatives du commis voyageur. Martial avait finalement clos le débat en ajoutant, d'un ton qui ne demandait aucune réplique:

– De plus, j'entretiens avec cette lame une longue histoire sentimentale et jamais je ne pourrai m'en défaire au profit d'une autre.

En sortant, le représentant avait traversé la place pour se rendre au café du village. Là, après un petit verre de vin local, il avait lancé à quelques consommateurs affalés au comptoir:

– Vous avez un drôle de boucher dans votre bled!

– Et pourquoi donc? lui avait-on répondu.

– Je ne sais pas exactement, mais il y a quelque chose de pas clair chez lui. Vous savez, c'est le seul boucher que je connaisse qui utilise un attirail d'avant-guerre.

L'argument était tombé à plat car la référence historique était totalement positive dans l'esprit de ces rudes villageois. Sur quoi, le représentant d'ajouter:

– Je crois qu'il y a quelque chose d'anormal dans l'affection que cet homme porte à son hachoir.

Un tel propos avait fait crouler la compagnie de rire et la conversation avait dévié sur la chasse à la palombe. Tout le monde avait oublié Martial sauf Marie, la serveuse du restaurant qui était aussi la maîtresse du boucher. Marie avait été captivée par l'énergie de l'homme de viande et ensuite séduite par la force brutale de l'amant. Elle aimait les étreintes sauvages et se perdait totalement entre les bras de cet homme qui l'amenait sur des plateaux inconnus pour elle. Même si cette relation manquait particulièrement de romantisme, tout cela, Marie le compensait amplement par les vagues de plaisir qui lui passaient par le corps entre les mains de ce tueur d'animaux.

La remarque du représentant en coutellerie avait frappé Marie. Ce quelque chose de pas clair, elle l'avait aussi pressenti vaguement, un je ne sais quoi indéfinissable et inexplicable, perceptible seulement au contact direct et rapproché de l'homme aux énormes mains. Elle s'étonnait que ce représentant ait réussi en une seule rencontre à mettre le doigt sur le même malaise qu'elle avait vaguement ressenti.

Elle en déduisit que ce représentant devait avoir une intuition démesurément fine ou bien que le pur hasard l'avait favorisé. Voyons, de quoi donc avaient-ils parlé ensemble? De viande, de couteaux, de lames de Tolède, tout cela était plus que normal. Ah oui, et du hachoir de Martial, elle se souvenait maintenant, une remarque vraiment bizarre. Comment cet homme avait-il décrit cela? Oui, voilà, une relation affectueuse que le boucher entretiendrait avec son outil de travail. Presque de quoi être jalouse si elle se mettait à y réfléchir de plus près!

Pourtant, elle se souvenait maintenant d'un épisode qui l'avait frappée. C'était une fin d'après-midi d'été et elle était passée à la boucherie. Ne voyant personne au comptoir, elle s'était avancée dans le couloir menant aux chambres froides. Devant les immenses portes blanches des congélateurs, Martial était affairé à travailler sur une table où il faisait généralement ses premières découpes avant d'amener les quartiers de viande dans la boucherie. Pourtant, son attitude était anormale, car il était très agité, se tordait en tout sens, brandissant à la main le hachoir, le maniant avec une dextérité étonnante, fendant l'air à toute vitesse dans toutes les directions en criant:

– Je t'aurai! Je t'aurai!

Et il continuait à virevolter, agitant ses bras et son corps pour donner plus d'allant aux moulinets de son poignet qui tenait l'arme. Ses exclamations étaient comme des cris d'animal en furie:

– Je t'aurai! Je ne manque jamais mon coup! Tu verras, je t'aurai!

Et après une pause de quelques secondes pendant lequel il y eut un effroyable silence, il avait fracassé le chambranle en bois de la porte dans lequel le hachoir était venu se planter profondément.

– Je t'ai eue, salope! Tu n'as que ce que tu mérites. Tu n'as rien à foutre ici.

Marie restait figée sur place. Enfin, le boucher l'aperçut en se tournant. Il avait encore sur les lèvres l'ébauche d'un mauvais rictus qui s'évanouissait lentement. Il était en nage et de grosses gouttes lui mouillaient son tricot de peau.

– Mais à qui parles-tu?

– Moi, mais à personne. Je me parle tout seul.

– Tout seul? Mais tu te rends compte de ce que tu dis?

– Tu me prends pour un dingue ou quoi? Je sais très bien ce que je dis. Et aucune de ces salopes n'a à rentrer ici.

– Mais de qui parles-tu?

Il la regarda de ses yeux qui venaient de se fermer à moitié. Soudain, il lui prit le poignet, la plaça contre le hachoir et lui colla le nez sur le dos glacé de la lame fichée dans le cadre de la porte.

– Tu ne vois rien?

– Euh, non!

– Regarde bien! Là! Là!

Et il pointait son doigt sur l'endroit de la lame qui sortait du bois.

– On dirait du sang!

– Bravo! Le sang d'une saloperie de mouche véreuse qui s'aventure jusqu'ici et qui peut me ruiner ma réputation. Pourtant, il fait déjà froid dans ce couloir et je ne sais pas comment elle a pu arriver jusque là. En tout cas, elle a son compte celle-là!

– Tu l'as massacrée au hachoir!

Et lui de rire en dodelinant de la tête et en imitant d'une voix fluette:

– Oui, je l'ai massacrée au hachoir! Je l'ai massacrée au hachoir! Tu sais, ce n'est pas si difficile que ça après tout. C'est un peu plus lourd qu'un couteau, certes, mais avec un peu d'habitude, on peut arriver à d'étonnants résultats. J'ai même connu des gens qui utilisaient ce genre d'ustensiles pendant la guerre.

Marie était tremblante. Quelque chose de malsain lui apparaissait confusément. Le hachoir, le représentant, la mouche, la guerre, tout cela s'amalgamait dans son esprit et elle sortit en courant, prise de nausée...

Les choses suivaient leur cours dans le petit village où les distractions n'étaient pas nombreuses. Un soir que Martial était resté plus tard que prévu dans son échoppe et que les derniers clients venaient de sortir, alors qu'il avait essuyé sa table de travail et qu'il entreprenait de nettoyer son hachoir avec un grand linge blanc, se produisit un événement qui devait projeter Martial sur le devant de l'actualité.

Soudain, un bruit horrible dehors, une collision de voiture et un avertisseur bloqué qui jette dans la nuit sa lugubre plainte. Martial se précipite au-dehors et aperçoit une automobile qui venait de rentrer de plein fouet dans un mur en ciment. Il accourt et entrevoit, à la faible lumière d'un réverbère, un, deux, trois corps, il en dénombre trois, en train de gémir doucement parmi les tôles froissées. Il est d'ailleurs frappé par ce dernier détail car il aurait imaginé des beuglements effrénés, mais au contraire c'est une douce plainte qui s'élève de l'amas de ferraille.

Alors, sans vraiment réfléchir il brandit son bras qui tenait le hachoir emporté machinalement avec lui et se met à éventrer la voiture. Cherchant le point vulnérable de la tôle dans la pénombre, il lui faut quelques secondes avant de trouver la faille et le voilà qui attaque maintenant selon un angle précis le métal autour de la charnière pour faire sauter une portière. Les coups résonnent lourdement dans la nuit, choc de titan contre la masse ferreuse. Les premiers venus restent ébahis devant ce grand corps devenu comme fou, à hacher la tôle, à lacérer les portières, à faire exploser les jointures du véhicule. La sueur coule sur le visage de l'homme qui trouve devant lui une résistance sans aucune mesure avec les carcasses bovines. Mais au lieu de le décourager, cela décuple ses forces et, ponctuant chaque coup d'un han! terrible, bientôt il fait sauter la résistance de la première charnière de porte et s'attaque aussitôt à la seconde qui se trouve plus bas.

Martial travaille vite et n'a qu'une obsession: extraire les corps de la voiture avant que le moteur ne prenne feu. Il tape, il martèle, il cogne, il burine et ponctue chacun de ses coups d'un cri sourd et violent:

– Han! Han! Han!

Il n'entend pas le bourdonnement de la foule qui emplit la place mais se tient à distance respectueuse du véhicule. Et soudain dix, vingt, cinquante poitrines se mettent à ahaner avec lui, dans un effort pour l'épauler, pour le seconder:

– Han! Han! Han!

La tôle autour de la charnière cède enfin et Martial agrippe le chauffeur des deux mains et le traîne sur quelques mètres avant que de secourables bras ne viennent lui enlever le corps. Il se précipite alors vers la voiture, se saisit des deux formes à l'arrière, deux enfants qu'il serre contre sa poitrine et se dégage tant bien que mal de l'amas de ferraille en titubant, ne voyant plus rien, ne sachant dans quelle direction aller jusqu'à ce qu'il sente des mains qui se saisissent de lui et des enfants avant de s'écrouler de fatigue, à moitié inconscient....

Revenu à lui dans son grand lit, il aperçoit vaguement plusieurs personnes dont Marie qui se tient à son côté, un large sourire sur le visage.

– Tu es devenu un héros!

Et elle brandit le journal local.

– Écoute! tu as fait la première page: *Le boucher hache la voiture et sauve une famille de la mort!*

Martial s'agite dans son lit:

– Mais qu'est-ce qui s'est passé? Depuis combien de temps suis-je ici?

– Oh, depuis hier. Tu étais inconscient et tu divaguais dans ton sommeil.

– Depuis… depuis hier?

Martial s'agite en tous sens et parvient à articuler:

– Où est ... où est ...

– Où est quoi?

– Mon ... mon hachoir?

Les personnes se regardent stupéfaites. Son hachoir! Comment cela? Qu'importe le hachoir!

Le docteur s'approche du groupe:

– Écoutez! Monsieur Martial est très fatigué. Il délire un peu. Il faut le laisser tranquille pour le moment. Aussi, veuillez ...

Sans prêter attention à ces paroles, Marie se met à secouer Martial en lui disant:

– Martial, écoute-moi bien: Tu es devenu un héros! Un HÉROS!

Mais Martial de répéter:

– Mon hachoir! Je veux mon hachoir!

Et soudain, dans un sursaut d'énergie, il se dresse dans son lit et se met à hurler, l'air hagard:

– Papa, ils ont perdu ton hachoir! Celui que tu affectionnais tant! Celui qui t'a toujours accompagné dans les tranchées! Celui qui t'a sauvé la vie! Celui avec lequel tu as décapité l'homme qui allait t'abattre!! Celui que tu m'as légué par testament et que j'ai juré de toujours garder comme une relique! Oh! Papa! Papa! Excuse-moi! Excuse-moi!

Le Blockhaus

Sur la plage, le long de la mer, une femme rampe lentement. C'est l'heure de la marée montante. La silhouette se détache clairement dans la vive clarté de la lune. Dans le calme de la nuit, le roulement régulier des vagues apporte une note d'harmonie qu'accentue une douce brise. Mais dans l'âme de cette femme s'agitent l'esprit du mal et son bouillonnement de projets funestes.

La femme progresse lentement en direction du blockhaus à moitié enfoui au pied de la dune. Une flamme acide brille sur son visage. Elle se laisse choir sur le sable, à mi-distance entre la mer et le blockhaus. Secouée de tremblements convulsifs, la main se crispe et s'enfouit dans le sable.

Allongée sur la grève, immobile, caressée par la douce brise fraîche, la femme semble livrée à la magie de cet endroit. Seule la main figée dans le sable trahit une inquiétude trouble.

Les vagues de la marée montante viennent bientôt baigner les pieds, puis les jambes du corps étendu livré à l'assaut pernicieux des vagues qui minent lentement le sable sous son corps et creusent des rigoles dans lesquelles il se coule lentement. Ce n'est que lorsque l'eau desserre l'étreinte de la main en dissolvant le sable que quelque chose bouge dans la femme. La main, privée de sa prise, se trouve vide, seule. Alors le bras se détend et le corps reprend son mouvement.

La femme sort de son ornière et rampe vers le sable sec. Cette lente progression n'est pas une fuite. Le corps ne lutte pas contre l'eau mais avance avec elle. Lentement, consciencieusement, il glisse sur le sable humide, profitant de la poussée des vagues pour bouger. Le sillage qu'il laisse derrière lui est aussitôt recouvert par une nouvelle vague.

On dirait que la femme puise une certaine motivation à être ainsi indûment léchée par les vagues. Complètement absorbée par sa progression, elle ne semble pas troublée par la fraîcheur de l'eau qui vient battre son corps. Éclaboussée par l'écume des vagues, elle n'a d'yeux que pour le blockhaus dont elle se rapproche insensiblement.

Arrivée au pied du bloc de ciment, elle tressaille en posant la main sur la paroi rugueuse et se dresse sur les jambes. La marée qui l'a suivie baigne ses pieds. Une joie féroce zèbre son visage, alors que, debout face à la mer, elle semble déborder d'une énergie nouvelle.

Dans le mur, au niveau du sable, une étroite ouverture pouvant à peine laisser passer un corps humain se dessine, sombre et inquiétante. La femme qui a l'air de connaître cet endroit semble attendre, les yeux rivés sur le sable que la marée montante continue de recouvrir toujours davantage. Finalement, elle tombe à quatre pattes et s'affaire soudain, avec une frénésie surprenante, à creuser de la paume de ses mains, un trou dans le sable. Rapidement, le trou devient une sorte de tranchée qui part au niveau de l'ouverture pratiquée dans le mur. Bientôt le canal ainsi pratiqué permet aux vagues d'arriver jusqu'à l'ouverture par laquelle elles se déversent petit à petit.

À tout moment cependant, la tranchée se défait sous l'action délétère de l'eau. Les parois s'effondrent et tendent à niveler le tout; c'est un effort prométhéen que de sans cesse refaçonner cette tranchée, en essayant de la rendre toujours plus large et d'en faire une avenue pour l'assaut des vagues. Les efforts longs et continus de la femme permettent quand même à la mer de déverser toujours davantage d'eau par le trou à chaque nouvelle vague, au fur et à mesure que la marée monte et progresse au-delà du blockhaus.

Par moments, curieuse ou inquiète, la femme passe la tête par la trouée pour sonder l'effet de ses efforts. Et à chaque fois, elle redouble de vigueur dans son travail de termite aquatique, les jambes enfoncées jusqu'aux chevilles dans le sable, l'eau de mer jusqu'aux genoux maintenant.

Après plus de deux heures, le niveau d'eau à l'intérieur de l'ouvrage parvient à la hauteur de l'ouverture. Les vagues y entrent maintenant directement et se répandent dans l'ombre noire, remplissant rapidement le couloir qui mène à la pièce exiguë en contrebas. En peu de temps, l'eau commence à se déverser en trombes dans cette chambre. La femme s'arrête et n'a plus qu'à attendre. Son œuvre est maintenant finie.

Elle contourne le blockhaus et grimpe les degrés d'une échelle en fer rouillé qui sont scellés dans le bloc de ciment. Une fois au sommet, elle colle son oreille au trou d'une bouche d'aération. Un bruit de clapotement d'eau mêlé de hurlements angoissées lui parvient faiblement au milieu du fracas des vagues qui viennent s'écraser sur les parois intérieures du blockhaus.

« Ils sont bien là-dessous, lui avec l'autre, la nouvelle. Avoir osé l'amener dans ce lieu sacré, ce sanctuaire de tant de souvenirs. Il n'aurait jamais dû y introduire personne. C'était bien le serment que nous avions d'ailleurs fait: ce repère ne devait jamais être foulé que par nous deux. Je ne peux pas lui pardonner cette trahison. Rompre était déjà grave, mais maintenant, il cherche à tuer le souvenir de notre amour. Profaner ainsi le lieu de nos rencontres et de nos ébats, ce réduit exigu où nous avons été si heureux, entourés du silence grondant de la nuit, possédés d'une passion aussi impétueuse que la fureur de l'océan par une nuit d'équinoxe! Non, c'en était trop! Et maintenant il paye sa trahison. Et l'autre aussi. Tant pis pour elle. Se vautrer ainsi sur la couche sacrée où elle n'est qu'une intruse mérite le sort qu'elle subit en ce moment ».

Les faibles cris parvenant encore à son oreille provoquaient autant d'éclairs de joie brillant sur le visage de cette femme. Tout était fini pour les prisonniers du blockhaus ensevelis sous le déluge d'eau, étouffés dans un étau infernal. La chambre d'amour était devenue chambre de mort.

En se relevant, le calme de la mer est comme un choc pour elle. Rien du drame atroce ne transpire du bloc de ciment qui garde bien son secret. Sur la crête de l'ouvrage, semblable à une statue de sel, à la frontière des larmes et du sourire, elle rêve dans la nuit étoilée.

Au lever du jour, une forme humaine, trempée d'eau salée, aux longs cheveux enchevêtrés, danse sur le blockhaus en lançant un long hurlement sinistre, un cri bestial de joie.

Decouverte

Il ne comprenait plus. Une confusion extrême agitait son esprit. Pourtant, lui qui se targuait de toujours maîtriser les élans de son cœur, de les réduire à l'expression d'une simple expérience, enrichissante certes mais sans cesse contrôlée, comment avait-il pu se laisser piéger dans un scénario qu'il avait pourtant joué tant et tant de fois?

Ce malaise d'incertitude l'affectait au niveau de son amour-propre. Le sentiment aurait-il, pour la première fois, électrisé ce cœur de granit? Il craignait cette situation car il se demandait ce que vaut un homme qui tombe ainsi dans les rets de l'amour.

Amour! La seule évocation du mot l'ébranlait jusque dans son tréfonds. Il ne l'avait jamais connu. Et l'effort qu'il s'imposait maintenant, la tension de son esprit, cherchait précisément à délimiter le contour de ce sentiment mystérieux. Puisqu'il était perturbé par un sentiment inconnu, sans doute pouvait-il supposer que ce sentiment, né à la suite d'une nuit intense et passionnée, n'était autre que l'amour. Ne valait-il pas mieux rester en dehors de ce cercle vertigineux comme il se l'était toujours dit? Non vraiment, quelle déception! Il ne comprenait plus.

La veille, il était rentré avec une conquête nouvelle. La lumière tamisée de la boîte de nuit lui avait fait entrevoir une silhouette floue et de grands yeux troubles. Quelque temps après, il se retrouvait au bras de l'inconnue, marchant en direction de son domicile. Comment imaginer alors que cette nuit allait renverser sa lucidité d'esprit? Sa compagne était plus âgée que lui, mais ce détail importait peu car il ne refusait jamais l'excitation d'une expérience nouvelle. Si Frieda – c'était son nom – n'avait plus la fraîcheur d'une adolescente, si son visage n'était pas exactement beau, si sa ligne avait perdu la finesse de sa jeunesse, elle lui était quand même apparu avec toute l'attirance d'un objet insolite.

Cependant, comment expliquer l'abîme où il avait plongé? Ce sentiment indéfinissable l'avait submergé en caressant Frieda: il avait touché sa peau, un peu flasque au niveau du bras. Le muscle distendu s'offrait à la main comme une pâte à pétrir. Le contact de la joue défraîchie l'avait relancé plus avant dans son abandon. Il connaissait ces sensations, mais elles ne lui venaient pas de ses plaisirs de débauche. À mesure que quelque chose se désancrait au plus profond de lui, le désir se retirait, chassé, submergé par une vague indistincte encore, qui montait irrésistiblement vers la surface de son être. Quel phénomène ahurissant! Ces attouchements qui ne lui procuraient généralement que des symptômes de désir, voilà qu'ils suffisaient à produire la plénitude d'une expérience nouvelle et inattendue!

Il cherchait à découvrir le principe d'un tel miracle lorsque la main de Frieda, à la peau légèrement râpeuse, lui effleura le visage: ce fut alors le plongeon total dans l'extase en même temps qu'une illumination: ces sensations tactiles venaient d'engendrer une vision émouvante, celle d'une femme, oui, c'est bien celle de sa mère qui le caressait ainsi sur la joue lorsqu'il était jeune. Et les bras flasques qui se penchaient vers lui, et les joues légèrement tombantes qui se frottaient à son visage, et cette sensation de sentiment légèrement défraîchi mais profondément passionné, tout cela était pour lui le sujet d'un vif étonnement.

C'est évident qu'il avait été pris de court, grossièrement abusé par le corps de cette Frieda, objet de luxure, puis générateur d'un phénomène jamais encore ressenti. Cette femme qui se tortillait maladroitement à côté de lui aurait-elle allumé l'étincelle de l'amour dans son cœur? Cela signifierait-il donc que la femme de 40 ans qui représentait pour Balzac le summum de l'expérience amoureuse aurait vraiment d'irrésistibles attraits pour les hommes?

Il s'était engagé dans cette aventure avec encore moins de conviction que d'ordinaire, plus par simple peur de la solitude que par désir de compagnie. Il se retrouvait aliéné par un phénomène insoluble. Et il demeurait immobile, écrasé par cet envoûtement magique. L'expérience qu'il venait de vivre lui rendait maintenant la présence de Frieda d'une délectable répugnance. Entraîné dans un tourbillon vertigineux où les sensations ressenties déclenchaient des émotions aussi subites qu'imprévues, il ferma les yeux en murmurant à son corps défendant:

–Maman!

Frieda retira sa main comme si un serpent venait de la piquer. Mais lui ne s'aperçut même pas de la réaction de la femme. Il flottait dans un ailleurs inaccessible. Il sentait à la fois une grande paix en lui et une excitation certaine.

Une fois revenu un peu sur terre, en repensant à ce moment si délicieusement troublant, il ne parvenait pas à décider s'il avait ressenti alors plus de plaisir que de douleur.

Il ne comprenait plus. Non, vraiment, il n'imaginait pas l'amour ainsi.

La Mouette

Il aimait se lever tôt. D'ailleurs, à son âge, on se réveille souvent avant l'aube. Les premières heures de la journée, les plus tranquilles, il les appréciait tout spécialement. C'était pour lui une grande joie de suivre le lever du soleil, d'assister à la transformation de la nature endormie et de toujours s'émerveiller à l'éclosion des fleurs et des âmes. Bientôt lui-même ne serait plus là pour jouir de cette réalité si simple mais unique. Voir le soleil dès la fuite de la nuit, c'était un peu comme prendre des viatiques pour le départ qui l'attendait, aspirer à plein poumon une bouffée de joie lumineuse qui le suivrait dans la mort.

Il passait ses journées à rêver aux voyages qu'il avait faits. Les quelques années qu'il avait vécues sur les mers lui procuraient un arsenal inépuisable de souvenirs. Lorsqu'il était saisi d'ennui, il repartait dans le passé et revivait mentalement quelque épisode de sa vie riche en aventures. Souvent, les enfants s'assemblaient autour de lui et le suppliaient de leur en raconter « une ». Et toutes ces petites imaginations étaient transportées sur les divers océans du monde, traversaient les mers, essuyaient les tempêtes du Cap Horn, faisaient escale à Zanzibar ou à Madras, partout où la marine marchande avait des ports d'attache. Au terme de ces captivants récits qui se faisaient invariablement sur les quais du port, tous les gamins ne rêvaient que de partir à l'aventure sur le premier navire.

Dans ses histoires, le vieux marin faisait souvent vibrer la corde lyrique et il décrivait les majestés maritimes en termes à la fois grandioses et poétiques. Cette vision sentimentale était le résultat de l'inactivité dans laquelle le vieux marin était plongé depuis de longues années. Le passé lui apparaissait comme une époque glorieuse, plus noble que le présent. Vraiment, le début du siècle était une autre vie. Le travail n'était-il pas plus dur, le repos plus doux, la joie plus franche? La poésie à travers laquelle il peignait le passé était pour lui un moyen de ne pas jeter un regard trop profond sur le présent, car il avait peur de ce qu'il aurait pu y trouver. L'heure n'était plus pour lui aux adaptations ni aux changements… C'était l'heure du départ. Il en était bien temps d'ailleurs, car il se sentait de plus en plus oppressé par quelque chose de vague, d'indéfini. Était-ce la pensée de la mort prochaine? Était-ce l'aspect du monde moderne qu'il ne pouvait éviter dès qu'il sortait de chez lui? Il ne le savait vraiment pas, et peu lui importait d'ailleurs.

Il se rendait pourtant bien compte que la dimension poétique de ses histoires n'était vraiment pas ce que ses jeunes auditeurs goûtaient le plus. Il y avait chez eux une insatiable curiosité pour l'aventure. Lui-même n'avait-il pas été ainsi à leur âge? Il se doutait bien que oui en pensant à sa propre jeunesse. Mais il aurait tant voulu leur communiquer les émotions profondes qu'il ressentait. Malgré tout, peut-être résultera-t-il quelque chose de l'excès de sensibilité qui se trouve dans mes récits, se disait-il en matière de consolation lorsque, à peine son histoire finie, le petit groupe se dispersait en courant, chacun voulant être le capitaine de l'histoire afin de commander au reste de l'équipage. C'était à la fois un spectacle agréable et pénible pour le vieil homme. Il était toujours surpris de la rapidité avec laquelle la jeunesse s'adapte à ce qu'on lui présente. Cette spontanéité de la vie, il en restait bien peu chez lui. Il était contrit de voir que, de quelque manière qu'il présentât son histoire, et quelque en soit le degré de valeur sentimentale, le résultat était invariablement le même: les enfants ne pensaient plus qu'à jouer au capitaine, et aussitôt leurs instincts se réveillaient. Il n'était plus question que de guerre, de domination, de la loi du plus fort. Et parfois même, un simple jeu dégénérait en pugilat ou en bataille rangée.

Le vieux marin oubliait que la jeunesse est ingrate. Elle déteste la contrainte, refuse l'ordre, néglige le conseil. Mais l'enfance a pour elle d'offrir le plus beau d'elle-même dans la mesure où elle peut agir avec spontanéité, avec élan, avec instinct. Ces mouvements impulsifs pouvaient apporter les plus douces joies comme les plus vives peines. Le vieux marin avait plus d'une fois été l'objet d'attentions spéciales de la part de ses jeunes auditeurs. Combien de cadeaux impromptus avaient été déposés dans sa main par une plus petite main qui venait de découvrir un coquillage, une algue séchée ou un objet trouvé sur la grève! Combien de petits services lui avaient été rendus avant même qu'il ne demande quoi que ce soit! L'enfant est peut-être la créature la plus généreuse. Mais il vit à son propre rythme, celui du présent. Aussi, dès que l'on attend quelque résultat, on risque d'être très déçu.

Ainsi, le vieux marin s'en retournait souvent chez lui bien chagrin. Lui qui n'avait ni famille ni enfant, il essayait de puiser ses dernières joies dans les spectacles des gamins de la rue. Il les connaissait tous. Eux l'aimaient bien et le respectaient car ils avaient souvent entendu par d'autres des récits le concernant. Tout le monde avait une grande admiration pour la longue carrière qu'il avait faite et pour les temps historiques qu'il avait traversés.

La petite maison qu'il habitait donnait sur le port. C'était pour lui une nécessité de sortir chaque jour pour humer l'air, voir le soleil luire sur la rade, sentir l'activité du port, entendre le cri des mouettes. Son grand âge l'empêchait d'aller loin. Sa promenade quotidienne, il avait été amené à la réduire avec le passage des ans et maintenant il restait la plupart du temps assis sur quelque borne d'arrimage du mole. Il n'allait plus sur l'estacade qui était un peu éloignée de chez lui, car il avait peur de trébucher sur les planches disjointes et glissantes que venaient éclabousser les vagues. Souvent même, lorsque le temps était menaçant, il s'asseyait simplement contre le mur de sa maison où gisait un vieux cordage. Il restait là plusieurs heures à trouver ainsi son contentement, les yeux perdus dans les brouillards du soleil.

« Tant que je verrai la mer, tout ira bien » pensait-il.

Arrivé à la fin de sa vie, il voyait son passé dans un halo de douceur mélancolique. Le présent lui apparaissait surtout à travers la fougue vivifiante mais incontrôlée de la jeunesse. La question qu'il se posait était de savoir si, en son temps, les jeunes étaient aussi malappris qu'aujourd'hui. Il savait très bien que lui non plus n'avait pas été un ange mais il doutait avoir jamais été impertinent devant les aînés.

Les gamins peuvent être de la dernière gentillesse, puis en une autre occasion se révéler d'éhontés sacripants. Peut-être si les parents les contrôlaient un peu, pourrais-je leur inculquer ma vision du monde et de la nature! Pourtant tous ces enfants aiment la mer. Dans leur famille, dans le village, tout était imbu de la seule activité qui faisait vivre la population du port. L'exemple des aînés, retraités comme lui ou encore actifs comme les pères et les grands frères, jetait dans tous ces cœurs la graine de l'aventure, l'appel du large et il ne faisait pas de doute qu'à la première occasion, ils quitteraient tout pour partir. Mais dans cet élan, il le savait, les jeunes enfants voyaient l'accomplissement d'un désir immédiat plus que la satisfaction d'un rêve longuement mûri. La réalité de ce projet était tellement tangible dans la vie quotidienne qu'une partie en était déjà enlevée à l'imagination. Et le danger, pour ces enfants, était qu'ils deviennent durs et qu'ils perdent tout sentiment devant la rage des éléments. Alors la mer perdrait tout charme pour eux. Seul l'effort de la corvée serait la dure réalité et il faudrait vivre avec ce fardeau. Ils en viendraient peut-être à détester leur métier, un des plus beaux du monde. Ils auraient le cœur vide et froid.

Voilà les tristes réflexions auxquelles se livrait le vieux marin. Et il pensait à tous les marins de sa génération déjà morts qui n'avaient pas su voir dans la mer autre chose qu'un moyen de survie. Leur vie avait été une longue suite de douleurs. Peut-être que l'éducation ne peut rien changer aux sentiments et que certains sont prédisposés à apprécier la beauté plus que d'autres. Cela, il le croyait. Chacun aurait donc sa voie tracée. Et ensuite, à Dieu vat.

Il aurait tant voulu que ces enfants soient heureux comme il l'avait été. Et pourtant, la mer lui avait pris son père et plusieurs de ses amis. C'est vrai aussi qu'il avait failli plusieurs fois y laisser sa vie et qu'il souffrait dans son corps des séquelles des tempêtes qu'il avait essuyées. Son bras gauche avait été amoché autrefois et il en avait perdu l'usage presque totalement. C'est vrai qu'il y a un rapport de force entre la mer et ceux qui la défient. Mais sans partir, on ne peut jamais la connaître, en découvrir les faces cachées, en admirer les beautés incomparables, le calme majestueux ou la furie indescriptible, tant de visions et d'impressions qu'on ne pouvait même pas communiquer à d'autres sans en perdre la saveur. Eh bien, tout cela valait la peine du combat. Il fallait chercher la beauté là où d'autres ne voyaient que la lutte, il fallait mettre dans l'effort un peu de sentiment. Et c'est pourquoi, bien qu'il fasse partager l'amour de la mer aux enfants, il était triste parce que la plupart d'entre eux perdrait vite leurs illusions, une fois devenus hommes.

L'hiver, le mauvais temps l'empêchant de sortir, il collait sa chaise près de la fenêtre, afin de contempler la mer. Il pouvait, de là, voir tout ce qui lui était encore cher. C'est aussi de là qu'il comprit que la lecture du livre de sa vie arrivait à sa fin. Il observait quelques enfants qui jouaient sur le port. Une pluie fine tombait. Il pouvait bien voir les mouvements des enfants harnachés dans des imperméables aux couleurs vives. Soudain, une vive douleur lui traversa la poitrine lorsqu'il remarqua qu'ils s'amusaient à tirer sur les mouettes avec des frondes. Il voulait leur crier mais il était pétrifié par l'émotion. Il voyait l'anéantissement total de sa vision sentimentale de la nature dans cet acte barbare. La mouette, la compagne de tous les marins, finir ainsi aux mains même de ceux qui auraient dû la nourrir!

Lorsque l'oiseau blanc, blessé à mort, tournoya et s'abattit dans l'eau du port, le vieux marin se dressa. Le spectacle était insupportable. Dans l'effort qu'il fit pour tirer le rideau, il sentit sa force l'abandonner. « C'est mieux ainsi » se dit-il. Ce fut la dernière fois qu'il vit la mer.

Le Passage Souterrain

En apparence, rien de bien spécial ne distingue le long corridor souterrain qui traverse la gare de Lausanne sur toute sa largeur. Qu'il monte en voiture ou qu'il descende du train à Lausanne, le voyageur ne peut éviter d'emprunter ce passage obligé. Au sortir de la gare, il remonte à la surface par une longue rampe de ciment gris en pente douce qui l'amène au bas de la rue du Petit-Chêne.

Ce passage souterrain est devenu pour moi un endroit spécial d'où se dégage un charme qui en fait un îlot de bonheur. C'est un lieu magique que parcourt dans la plus complète indifférence la foule des voyageurs qui passent au travers d'un espace merveilleux que ne peuvent capter leurs sens endormis.

Lorsque j'arrive à la gare le matin, je m'arrange toujours pour être un des premiers à sauter du train et à débouler l'escalier avant d'emprunter le passage souterrain. Je me plais à arpenter à grandes enjambées le tunnel et à essayer de remonter les voyageurs devant moi. Ce petit exercice revigore mon corps ankylosé par la position assise dans le train. Il me donne en même temps l'illusion de surpasser les autres. Mais dès que j'aborde les premiers mètres de la rampe, je faiblis, halète et relâche mon effort. J'arrive exténué au haut de la rampe et attaque en zigzaguant la côte du raidillon qui monte jusqu'à la place Saint-François. Certes, j'ai besoin de secouer l'inertie qui s'est abattue sur moi dans le train. Mais je me mets à regretter ma fougue et me promets d'être plus modéré la prochaine fois.

Lorsque, le soir, je descends la rue du Petit-Chêne pour prendre mon train, en tournant le coin de la rue au niveau du McDonalds qui fait face à la gare, j'ai chaque fois l'impression de rentrer dans les entrailles de la terre. La rampe s'étire devant moi jusqu'à l'entrée du tunnel. C'est à cet endroit névralgique où tous les voyageurs doivent ralentir pour tourner à angle droit que McDonalds s'est offert le luxe d'une publicité géante. L'endroit est vraiment bien choisi car, par temps de pluie, c'est précisément là que les gouttes battent le pavé et obligent le passant provenant du tunnel à une halte obligée pour ouvrir un parapluie, ajuster un imperméable ou méditer de la stratégie à adopter devant une situation inattendue.

Ainsi, je passe par ce tunnel matin et soir, hiver comme été. S'il m'arrive de m'assoupir dans la chaleur morbide du train, le vent glacial d'hiver qui s'engouffre dans le tunnel me fait me recroqueviller encore davantage sur moi-même: je m'emmitoufle, je rabats deux fois le pan de mon écharpe rouge autour de mon cou, je clos les yeux à demi. Pour un peu, je me laisserais couler à terre près du feu du marchand de marrons. Non, vraiment, il fait trop froid dans cette glacière! En été, le danger d'assoupissement est encore plus grand, car la chaleur étouffante du tunnel n'est qu'un prolongement de la fournaise du compartiment. On traverse le tunnel en transpirant fort et en aspirant à l'air frais du dehors. Non, vraiment, il fait trop chaud dans ce four!

Certains matins blafards, je tombais dans ce gouffre effrayant. Froid au cœur, chaud au corps, je sautai du marchepied sans conviction. J'arrivai en haut des escaliers prêt à m'élancer mais déjà plusieurs voyageurs pressés dévalaient les marches devant moi, ce qui augmentait mon humeur atrabilaire. Pour peu que quelque marteau-piqueur vienne enfoncer son fracas dans mes tympans, et voilà ma matinée bien mal commencée. Surtout avec le cours de comptabilité qui doit commencer dans dix minutes. Je me vois terminer la matinée au bord du gouffre, rassasié de nausée.

J'aborde enfin le bas de l'escalier, d'autant plus de mauvaise humeur que je suis freiné dans mon élan par une foule compacte et pestant contre le fait que j'ai dû rester debout dans le train par manque de places assises – un comble quand même! –, enfin complètement hargneux contre l'univers entier. J'entre dans le tunnel et fixe mon attention sans y prendre garde sur les arches dorées de l'affiche géante qui attire mon attention à l'autre bout du passage. Il y a trop de monde pour pouvoir me lancer dans une course poursuite. Ma rancœur en augmente d'autant et je dois jouer des coudes pour ne pas arriver en retard en classe.

Comme chaque jour, un musicien paumé – probablement un artiste du conservatoire – essaie de gagner quelques sous en balançant quelques sons perdus dans le lourd piétinement de la foule en marche. Au niveau du kiosque à journaux, l'endroit de tous les dangers, je suis obligé de ralentir pour ne pas emboutir les voyageurs qui se détournent soudain de leur trajectoire pour aller acheter le journal du matin. Enfin, le soir lorsque j'emprunte la rampe, je ne vois rien autour de moi sinon le numéro de mon quai vers lequel je me dirige mécaniquement. Tout au plus, si j'ai quelques minutes devant moi, je jette un coup d'œil sur les titres des quotidiens. Parfois, il m'arrive de feuilleter *l'Équipe* pour connaître les derniers résultats sportifs. Mais tout cela reste figé dans une routine bien huilée. Les titres des tabloïds, malgré leur ingéniosité à toujours créer des sensations, retombent bien souvent dans les grands thèmes éculés que sont les frasques des stars, l'ampleur constante de la crise et la pénurie générale d'argent. Il faut donc un événement extraordinaire pour me pousser à acheter un quotidien au seul vu de son titre.

Un jour, et je ne sais absolument pas quand, mais il y a des années de cela, un miracle s'est accompli. J'ai brisé le mur de mes sens, je me suis mis à l'écoute de mon ouïe, j'ai ouvert mon esprit à la vision de ma vue. Je ne puis me rappeler les circonstances exactes de cette première fois mais, avant d'entrer dans le tunnel, j'ai entendu un son nouveau. Un son entraînant, une onde de choc qui m'a pris aux entrailles, un flot de musique qui est venu fouetter mes oreilles. En avançant, j'ai vu que la source de cette musique émanait d'un groupe d'indigènes descendus de leurs Andes natales. Il émanait d'eux une énergie vitale. Les vibrations de leurs cris et de leurs clameurs résonnaient dans la poitrine. Le son des guitares auquel se mêlait la mélodie de la flûte indienne et d'autres instruments qui m'étaient inconnus, tout cela m'électrisa et je restai là, prisonnier des ondes magiques de leur musique.

Négligemment jeté sur le sol gisait un béret contenant quelques maigres pièces de monnaie, qui rappelait la dimension tragique d'une telle beauté. Mais eux, transcendés sur le sommet de leur art, avaient quitté terre et planaient au-dessus du troupeau, là où n'atteint pas le vent.

Soudain, la flûte attaque *El Condor pasa* et, au milieu des longs sanglots musicaux, je l'imagine, là-haut, flottant

« dans l'air glacé, les ailes toutes grandes ».

Pourtant, personne d'autre n'a rien remarqué. La troupe avance, marche, piétine. Il semble même que plus la musique se fait vivante, plus les passants cherchent à l'éviter en accélérant le pas. Oui, c'est ça! Ils accélèrent! Ils ont donc entendu! Mais alors pourquoi accélérer? Pourquoi ne voient-ils pas le condor dans toute sa majesté? Écoutez! Écoutez! … Peine perdue. Les musiciens au regard vide, libérés qu'ils sont de toute attache matérielle, ne voient rien. Ils n'entendent que leur musique. Le béret posé à leurs pieds semble être plus une explication de leur présence qu'un signe réel de leurs besoins. Car ce n'est pas avec les quelques piécettes parcimonieusement récoltées qu'ils pourront vivre, mais bien par la musique qui reflète leur âme dans la grisaille lausannoise!

Cet autre monde qui envahit l'espace clos et auquel je viens d'accéder ne fait pourtant qu'effleurer la surface des gens. Les muscles faciaux ne se dérident pas, les sourcils restent froncés. Le poids de leur méditation intérieure les empêche de sentir la poésie de la musique. Et les passants, absorbés par leurs soucis, percutent parfois quelque instrument de musique posé à terre, voire le pied d'un musicien et ne peuvent s'empêcher de maugréer entre leurs dents quelque remarque désobligeante à l'encontre de celui qui les oblige ainsi à faire un pas de côté!

Soudain, un fracas infernal couvre chant et musique. C'est l'arrivée du train en voie 3. Les retardataires lancent leur sprint en zigzaguant dangereusement parmi la foule. Mais voici la musique qui refait surface. Même si, privé de repères, j'ai perdu la cadence pendant quelques secondes, les musiciens, eux, ont continué sans broncher, sans probablement même remarquer le tumulte au-dessus d'eux. Les violents accords de guitare entament *La Bamba*. Quel que soit le morceau joué, c'est toujours un tourbillon de notes plus gaies les unes que les autres, une alégria qui fait plaisir à entendre, une rafale qui me poursuit longtemps lorsque je réalise que j'ai manqué mon train et que je dois à nouveau me presser pour prendre le suivant. Je monte au quai 5 poursuivi par la musique qui se répand sur le quai, amplifiée par la résonance provenant du tunnel. D'en haut, l'effet de la mélodie mystérieuse surgie des profondeurs invisibles de la gare est encore plus fort.

Le lendemain et les jours suivants, les musiciens étaient là, fidèles au poste, toujours postés au même endroit. Ils projetaient sur tous les visages indifférents des passants le rayon de leur musique. Un jour pourtant, tout a changé. Le passage paraissait mort car on n'entendait que le pas saccadé, le piétinement pressé des voyageurs, comme un bruit terrifiant de bottes militaires. Les visages sans expression ne remarquaient même pas l'absence des musiciens qui étaient partis. La traversée du tunnel devenait sans aucun intérêt.

Mais quelque temps plus tard a surgi un autre son. C'était une femme seule et frêle, avec un turban multicolore sur la tête. Elle jouait de la flûte indienne et s'époumonait, modulant tout en finesse des mélodies pour rendre sa musique audible au-dessus du piétinement continu. Mais lorsque les trains arrivaient, ses efforts se dissolvaient complètement avant de ressurgir, longtemps après, faible plainte blessée qui cherchait à surnager dans l'enfer du bruit.

Elle n'est pas restée longtemps, mais a été à son tour remplacée par d'autres musiciens aussi originaires des Andes. Et c'est ainsi qu'il y a depuis plusieurs années un cabaret gratuit de musique sud-américaine dans la bonne ville de Lausanne. Aucune publicité ne vante ce phénomène, aucun dépliant touristique n'en fait mention, mais c'est, à n'en pas douter, celui qui tient l'affiche depuis le plus longtemps.

Je croyais être seul à avoir réussi à percer le mur de mes sens mais je me trompais. Un jour que j'entre dans le tunnel, les bouffées de musique m'arrivent comme toujours. Joyeuses et vibrantes. À l'approche du groupe, je suis surpris de constater un grand remous dans le tunnel, comme une sorte d'attroupement au niveau des musiciens. Que se passe-t-il donc? Est-ce que par hasard… ? Hélas non! Les gens ne s'arrêtent pas, ils ralentissent simplement, non par curiosité musicale mais simplement parce qu'ils sont freinés dans leur élan.

Intrigué, je m'approche et parviens à regarder par-dessus quelques épaules en mouvement pour découvrir que la musique a envoûté un groupe de passants, une douzaine de mongoliens qui sont là, à occuper la largeur du tunnel et à danser, les bras grands ouverts, avec leurs faces rondes, radieuses et béates. Leurs évolutions empêchent les passants de continuer en ligne droite et chacun doit emprunter les méandres de la situation pour se créer un passage à travers cet espace de bonheur.

C'est un spectacle rare que de voir ainsi ces petits êtres comme pris de folie, oublieux du réel et du qu'en dira-t-on. Les moniteurs parviennent enfin à les regrouper pour les canaliser vers le quai. Ils montent les marches suivis par la musique, ils arrivent sur le quai en virevoltant, ils montent dans leurs trains respectifs et se précipitent aux fenêtres qu'ils ouvrent aussitôt. Ils se disent au revoir d'un train à l'autre, et leurs mains continuent à battre la mesure au rythme des accords qui parviennent encore jusqu'à eux.

Et leurs faces s'illuminent de mille sourires de joie simple. Et même après le départ, dans le fracas des portes qui ferment, du sifflet du chef de gare, des cris d'adieu, du crissement des roues, leurs mains continuent longtemps à battre la mesure d'une musique qu'ils entendent avec leur cœur.

La Confession

Daniel Berman avait mal dormi. Encore une nuit agitée qui laissait une grande fatigue sur ses traits ensommeillés. Il en avait assez de ces horribles cauchemars et de ces nuits blanches.

En ce dimanche matin, entouré de sa nombreuse progéniture, il s'avançait vers la petite église en bois du village. Sa femme suivait dans son sillage, marchant à petits pas inquiets, car elle redoutait la mauvaise humeur de son homme. Même s'il ne partageait pas avec elle ses soucis, elle le connaissait assez pour prévoir ses réactions. Et c'était un fait coutumier qu'après ses nuits d'insomnie, il s'emportait facilement.

Les habitants de la région se hâtaient nombreux vers l'église car un nouveau prédicateur était annoncé, un homme « qui soulevait les montagnes » et qui bouleversait les cœurs selon la rumeur qui l'avait précédé. Daniel monta les marches du péristyle sans prêter attention au salut pourtant démonstratif de Mademoiselle Penny Walter qui n'en crut pas ses yeux: Monsieur Berman lui avait bel et bien tourné le dos sur les marches même de l'église! Et ça se disait chrétien! Comment tolérer pareille goujaterie d'un homme « respectable » qui passait pour un modèle moral?

En réalité, le pauvre Daniel n'avait tout simplement pas remarqué la vieille demoiselle, absorbé qu'il était par son monde intérieur, agité de pensées qui auraient effrayé la pauvre Mademoiselle Walter si cette dernière en avait eu connaissance.

Le rituel bien réglé débuta par une série de chants entraînants. Ce malaxage à chaud des esprits avait toujours un effet immédiat de relaxation sur les âmes souillées, fermées et réfractaires. Au terme d'une demi-heure, de supplications en jérémiades, d'implorations en louanges, – c'était une recette quasi-infaillible – les mâchoires les plus soudées commençaient à se desserrer et à articuler des sons harmonieux qui venaient se fondre dans l'allégresse générale.

Le ministre sentait quand ses ouailles étaient prêtes, et il lui fallait ne pas manquer le moment propice pour faire chavirer les flots de chants dans un murmure de sons charismatiques, musique irréelle, à la fois dissonante et charmeuse, vague qui s'élevait vers la voûte boisée du vénérable édifice, et ce faisant, purifiait toutes ces âmes de la lie accumulée pendant la semaine écoulée.

Et puis, tout soudain, c'était l'interruption soudaine du chant. La vague venait se briser sur la grève dans un silence total. On réprimait les quintes de toux, on étouffait les bâillements intempestifs, on tançait les enfants agités, on tapotait les bébés pleurnicheurs. Place au silence dans lequel on se plongeait avec délectation pour purifier l'esprit et préparer l'âme à la confession publique.

C'était là le moment le plus attendu, lorsque le premier à lancer sa plainte vers Dieu s'accusait:

– Seigneur, aide-moi, car je suis pécheur!

Aussitôt relayé par un autre:

– Oui Seigneur, sans Toi, nous ne sommes rien. Nous ne sommes rien et nous nous tournons vers Toi qui es tout. Viens à notre secours, Seigneur! Alléluia!

Puis par un autre:

– Seigneur, Tu sais tout, Tu sais que je suis pécheur et que sans Toi il n'y a pas de pardon. Viens nous sauver et pardonne-nous!

Venait ensuite une succession impressionnante de pénitents. Daniel avait tant de fois entendu les prières aseptisées de ses congénères qu'il en connaissait tous les recoins, il en devinait tous les contours, il en savait toutes les idées. Et maintenant, il trouvait cela un peu répétitif, oui, vraiment, il devait bien se l'avouer, répétitif était le mot, sacrément même, vachement barbant. Toujours la même rengaine bien générale, je m'accuse un peu mais pas moins que n'importe qui d'autre. Ainsi l'autre ne peut pas se sentir plus pécheur que moi. Je me sauve et je sauve mon amour-propre.

Les prières fusaient maintenant de toutes parts, courtes et bien pesées, des prières en forme de petites phrases que tout un chacun lançait d'une voix vibrante et pathétique. Tu dis une toute petite phrase et tu es quitte pour la semaine. Alors voyons, vite, ah oui:

– Seigneur, merci pour ton amour pour nous!

– Dieu tout puissant, je te demande pardon!

– Merci Dieu tout puissant, Toi qui as envoyé ton fils unique pour sauver le monde!

– Alléluia!

– Alléluia!

Voilà le chloroforme à haute dose maintenant. On s'approchait indubitablement d'un pic spirituel avant de bientôt retomber, c'était inévitable, dans un chant en langues, là où l'Esprit est roi et la Lettre n'est rien, mince filet musical qui enfle lentement et devient soudain une vague cacophonique incontrôlable et irrésistible où chacun se jette pour mieux disparaître.

Daniel était perturbé ce matin. Et ce nouveau prédicateur qui n'avait pas encore ouvert la bouche! Bien sûr, ce dernier n'interviendrait qu'au moment du prêche, mais

Daniel avait tant besoin de réconfort aujourd'hui! Il avait passé une très mauvaise nuit. Il avait soif de conseil spirituel car tout ce bruit, tous ces chants, même s'il y participait, ne satisfaisaient pas ses besoins. Où trouver ce coin de ciel bleu dans la grisaille générale? Où?

« Il faut que je fasse ma confession orale, il le faut! »

Sa conscience venait l'interpeller. Il n'osait pas vraiment la regarder en face. C'était le moment où la vague de chants en langues venait de commencer. Daniel s'y joignit comme un surfeur débutant, sans trop élever la voix, regardant d'où venait le vent et épousant fidèlement le contour écumeux de la lame, en écolier appliqué qui ne cherchait pas à faire de figure acrobatique, chantonnant doucement et ne se mêlant qu'avec peu d'entrain au doux mugissement qui flottait dans la chapelle.

« Il faut que je fasse ma confession orale, il le faut! »

Une impérieuse voix s'élevait en lui et l'empêchait de se concentrer sur la musique. Bientôt les chants allaient se taire et le pasteur entamerait le prêche. Il serait trop tard alors pour se livrer à l'exercice de la pénitence publique.

« Il faut que je fasse ma confession orale, il le faut. »

C'était la troisième interpellation qui venait de son tréfonds et il pensa à Pierre qui avait pris conscience de sa condition de pécheur au troisième chant du coq. Il eut un grand frisson qui lui traversa le corps et s'écria d'une voix rauque et sourde:

– Seigneur, pardonne-moi parce que je suis pêcheur!

Aussitôt, il fut relayé:

– Oui, Seigneur, pardonne-nous nos péchés!

Mais il n'allait pas tomber dans le jeu des chaises musicales cette fois-ci. Il répéta encore plus fort, anormalement fort:

– Seigneur, pardonne-moi parce que je suis pêcheur!

On sentit un vacillement parcourir les rangs de l'assemblée et quelques paupières s'entrouvrir, l'espace d'un instant. Encore une voix qui parut étonnamment faible disait:

– Oui Seigneur, merci Seigneur! Toi qui …

Mais Daniel, à l'encontre de toutes les bienséances spirituelles avait décidé, ce jour-là, de ne pas user de la langue de bois. Aussi, consciemment, il décida d'interrompre la prière du relayeur:

– Seigneur, j'ai péché et je veux t'avouer **mon** péché. Pardonne-moi car je suis un grand pêcheur!

Mademoiselle Walter, indignée par l'effronterie de Monsieur Berman, – elle n'avait *jamais auparavant* entendu quelqu'un couper la parole du Saint-Esprit! – eut un hoquet qui souleva son corps et la fit s'effondrer sur sa chaise, alors que la confession continuait:

– Je trompe ma femme et je te demande pardon!

Un trouble s'empare de l'assemblée. Les yeux se dessillent et se tournent imperceptiblement vers Daniel dont la femme vient de s'évanouir en poussant un cri aigu. Les yeux fermés, les deux bras vers le ciel, le pénitent continue:

– Seigneur, pardonne mon grand péché, Seigneur, le meurtre que j'ai commis. Je me suis égaré, Seigneur. Pardonne au meurtrier que je suis!

Les gens se lèvent affolés. On serre ses enfants autour de soi, on quitte les bancs, on s'éloigne de la brebis galeuse.

– Seigneur, pardonne mon péché le plus grand. Oui, je veux confesser le grand péché, celui que tu réprouves par-dessus tout: je me suis livré à la magie noire, j'ai vendu mon âme à Lucifer. Seigneur, sauve-moi, Toi qui peux tout, sauve-moi!

Dans les bancs, c'est la débandade générale. On s'éloigne du grand pestiféré, on regroupe sa progéniture, on se bouscule vers la porte du fond, on fuit la chapelle.

Le pasteur, abasourdi par la confession de la brebis noire et la débandade généralisée de sa congrégation, se retrouve bientôt seul devant le pénitent. Indécis sur la marche à suivre, il demeure indécis, les bras ballants, écrasé par l'avalanche de tant de misère humaine.

Cependant, Daniel continue sa confession car il tient le bon bout, il a osé, il faut qu'il finisse, qu'il aille jusqu'au bout:

– Seigneur, pourquoi suis-je un homme aussi mauvais? Pourquoi? Que peux-tu faire pour moi? Je veux te demander ton aide, Seigneur, j'en ai ardemment besoin. Viens! viens près de moi! viens me réconforter, passer la main fraîche de ta grâce sur mon front, pendant mes nuits horribles, quand je commets tous ces noirs forfaits.

– Ah! Mon fils! Mon fils!

Le pasteur qui ne sait quel conseil prodiguer se contente de tendre les bras vers Daniel qui continue:

– Seigneur pourquoi me tortures-tu? Le mal arrive dans mon cœur car il était déjà dans mon esprit, même si cela se passe à l'état de sommeil. Préserve-moi de jamais tomber consciemment dans l'ornière du Mal et de me faire passer du stade du rêve à la réalité. Et si je rêve de telles atrocités, j'ai peur Seigneur de les accomplir un jour, aussi, je te demande, je te supplie, je te conjure, Seigneur, fais que jamais je ne commette ces forfaits que j'accomplis dans mes rêves! Et pour cela, Seigneur, fais que mes cauchemars cessent et ne me torturent plus!

Le Maniaque

Dès 7 heures du matin, M. Geoffroy aimait faire des rondes dans les couloirs du Palace. Obsédé par l'ordre et la propreté, en tant directeur, il voulait s'assurer que rien ne viendrait choquer les yeux de ses clients. Un papier par terre lui arrachait des cris – intérieurs – de fureur. Il pestait s'il voyait la cendre d'une cigarette sur les dalles du hall. Il n'hésitait pas d'ailleurs, dans l'intérêt supérieur, à reprendre les clients négligés qui portaient atteinte à la réputation de son établissement.

Un jour, un incident avait établi sa réputation de manière éclatante. Une magnifique créature qui s'enregistrait à la réception avait, avec ostentation, laissé tomber du bout des doits un papier de bonbon devant le groom. Le hasard avait voulu que M. Geoffroy qui passait par là avait vu tout cela. Alors que le groom se pliait pour ramasser le papier, M. Geoffroy l'avait arrêté net dans son geste, bloquant le papier sous sa chaussure et renvoyant le groom d'un regard noir. Puis, se tournant vers la dame à qui il avait adressé un sourire en guise de préliminaire, il s'était penché lui-même, avait ramassé le papier devant les yeux étonnés puis flattés de la jeune femme. Il en avait alors fait une boule en le froissant dans sa main et l'avait jeté à la figure de l'élégante en déclarant:

– On n'est pas ici dans une porcherie, madame!

Les employés avaient reçu le message 5 sur 5. Il régnait à l'intérieur de l'hôtel une atmosphère de fébrilité nerveuse en même temps qu'un air de propreté irréprochable. Chacun craignait pour son poste et comme M. Geoffroy était particulièrement irritable sur le chapitre de la propreté, chaque employé s'assurait que son domaine particulier restait au-dessus de tout soupçon.

Lorsqu'il arpentait le parc, le directeur traquait les papiers gras, les canettes abandonnées, les objets égarés ou perdus, y compris ceux de valeur qui, eux aussi, "amenaient leur contribution à la dégradation de la nature" selon ses propres termes. Il les pourchassait tous avec une hargne féroce à tel point qu'il les jetait d'un mouvement rageur dans la benne à ordures sans même prendre la peine de les déclarer aux objets perdus. Ces battues étaient la frayeur des jardiniers qui attrapaient très vite des cheveux blancs, si M. Geoffroy leur en laissait le temps. Car son humeur virait vite si la quantité d'objets inacceptables dépassait une certaine limite. Il convoquait alors ses employés et limogeait sur le champ celui dont l'aire avait révélé un taux d'ordures trop élevé.

Les jardiniers étaient ainsi soumis à un régime bien contraignant, car tout étant relatif, ils se disaient bien que le standard de propreté du propriétaire était d'un niveau abusivement haut, car on ne pouvait tout de même pas passer son temps à suivre les clients dans le parc et se précipiter sur tout ce qui tombait dans leur sillage. Cependant, le patron étant le roi, tous se taisaient dans la crainte que chacun ne soit la prochaine victime de cette bien grande injustice qui partait, – quelle ironie! – d'un sentiment fort louable en soi.

L'esplanade de l'hôtel où venaient évoluer les limousines était d'une importance capitale car c'est là que se forgeait l'image de marque de l'établissement. Les bagagistes et les portiers étaient aux aguets des agents perturbateurs imprévisibles et ils ne craignaient rien de plus que le vent. Une forte bourrasque était capable de transporter soudain toute une lie de détritus légers mais fort compromettants. Un jour d'ailleurs, M. Geoffroy avait ramassé, devant la porte tournante de l'entrée, une petite punaise de couleur grise qu'il avait exhibée devant le nez du portier médusé à qui il avait lancé:

– Monsieur, savez-vous ce qu'est ceci?

– Oui, monsieur. C'est une punaise.

– C'est exact. Et savez-vous depuis quand vous vivez avec elle, là sur le seuil de la porte?

– Heu...

– C'est exact, vous ne savez pas, et moi non plus du reste. Mais je crains que ce ne soit depuis longtemps car, monsieur, j'ai remarqué cet objet insolite hier soir en rentrant.

– Ah?

– Oui, hier soir. J'ai attendu ce matin pour m'assurer que vous remédieriez rapidement à cet état de choses. J'ai mal présumé de vous, je vois.

– Monsieur...

– Pas un mot. je vous dirais simplement que, eu égard à votre ancienneté dans ce poste et à vos bons états de service par ailleurs, je vous garde pour cette fois-ci. Mais je veux que vous ayez l'œil, et le bon. Je n'accepterai pas un deuxième faux pas.

– Oh, merci monsieur!

– Remerciez plutôt le ciel que la punaise n'ait pas été d'une couleur vive, prompte à attirer les regards. Dans ce cas, je crains fort, mon ami, que je n'eusse dû me séparer de vous.

Certains virent dans cette anecdote un fond humain insoupçonné chez "M. Propre" comme on l'appelait dans le cercle étroit des employés de maison. Mais d'autres y virent au contraire une tendance excessive à l'autorité et à la méticulosité. Et les discussions allaient bon train entre partisans et opposants de M. Geoffroy:

– Il pinaille. Qu'est-ce que ça peut lui faire qu'une punaise que personne ne remarque traîne ainsi à l'entrée de l'hôtel?

– Je le comprends un peu. Imagine qu'un client la ramasse dans sa semelle et se pique la plante du pied. Ou encore que quelque glisse, tombe et se blesse sur elle. Ce serait du joli pour le coup.

– Vous allez chercher midi à quatorze heures. Il vous tourne la tête avec ses idées bizarroïdes à la fin.

– De toutes façons, on le connaît bien et il ne changera pas. C'est donc à nous à nous conformer à ses desiderata, qu'on le veuille ou pas.

La cuisine faisait l'objet de descentes inopinées de M. Geoffroy pour vérifier l'état général des "entrailles" de la maison, comme il aimait à appeler les salles de préparation et de cuisson de la nourriture. Il savait que les chefs cuisiniers étaient des gens difficiles, habitués à régner sur leur cuisine chacun à sa manière. Mais lui ne l'entendait pas de cette oreille. Il avait fait l'école hôtelière en son temps, et il savait voir d'un coup d'œil si "tout était conforme à l'attente de la salle à manger". Il n'acceptait pas de négligé vestimentaire, même sous le prétexte ressassé de la chaleur des fourneaux. Cela avait été une rude bagarre et il avait perdu plusieurs chefs qui n'avaient pas voulu obtempérer. Maintenant la situation s'était un peu calmée et, en embauchant les gens, il intégrait dans les conditions d'emploi ce détail sur lequel il insistait lourdement avant toute signature de contrat pour avoir l'accord du signataire, ce qui lui évitait par la suite bien des complications.

Lorsqu'il apparaissait dans la salle à manger, au moment de la mise en place des couverts, il était en général salué par des accès subits de tintements de verres ou de bruits d'assiettes que les serveurs stagiaires portaient à bout de bras. Comme devant l'apparition du diable lui-même, les jeunes gens se mettaient à trembler et parfois cela se terminait par de la casse. Ce qui, assez étonnamment, mettait M. Geoffroy dans une colère relative. Il savait que les stagiaires étaient là pour apprendre et la perte de quelques couverts lui importait assez peu si, de ce mal, devaient germer dans l'esprit de ces futurs directeurs d'hôtel les notions d'ordre et de propreté.

    Enfin, les chambres des clients devaient être immaculées après chaque visite des femmes de chambre. Comme il ne pouvait avoir la tête à tout, il se reposait ici sur son homme de confiance, l'intendant M. Roland. Avec lui, chaque semaine, il planifiait à l'avance les contrôles de propreté à effectuer. Il désignait le jour, le numéro des chambres et le nom de la femme de chambre à inspecter. M. Roland passait dans les chambres choisies, laissait traîner ses mains un peu partout pour s'assurer de l'époussetage, scrutait le lavabo, la toilette, la salle de bains et passait ainsi une bonne dizaine de minutes en annotant sur un carnet ses diverses impressions.

    Lorsque le rapport était trop accablant, M. Geoffroy se rendait immédiatement sur place avec la malheureuse employée qu'il confrontait *de visu* avec son travail "bâclé". Un jour, M. Geoffroy imagina un stratagème que M. Roland dut mettre en pratique. Il s'agissait de dissimuler dans un endroit caché à la vue et difficile d'accès un billet de 10 euros. Si le billet disparaissait dans la poche de l'employée, cela signifiait que le ménage avait été exhaustif; par contre si le billet restait au même endroit, il était évident que le ménage n'avait été fait qu'à moitié. Ainsi M. Geoffroy était satisfait de perdre un peu d'argent, car il considérait cet argent bien placé.

    Le directeur tenait donc son monde sous une poigne de fer. Il avait stérilisé son Palace à l'intérieur duquel il se repliait dans une existence routinière et bien tranquille. Dès qu'il devait s'aventurer en ville, le désordre, le laisser-aller des gens, la saleté ambiante, les crottes de chien, les poubelles éventrées, tout cela lui était insupportable. Son Palace était devenu sa tour d'ivoire. D'ailleurs, ses sorties se faisaient de plus en plus rares.

Un beau matin, alors qu'il faisait une ronde dans les salons du premier étage, il tomba en arrêt devant une télévision allumée. Le spectacle insolite sur l'écran lui fit oublier un instant le but de son inspection et il se laissa choir dans un fauteuil. Un homme en combinaison spatiale se promenait en sautillant dans un paysage désertique. Et il se rappela avoir lu que les Américains devaient alunir prochainement. Fasciné, il regardait le spectacle, perdu dans un autre monde. L'astronaute avait planté un drapeau américain sur le sol de la lune, comme on prenait possession d'un bout de terrain dans l'ouest américain! Ce qui fit frissonner M. Geoffroy fut l'annonce du présentateur selon laquelle ce drapeau resterait ainsi planté sur le sol lunaire même après le départ des astronautes.

– Mon Dieu! murmura M. Geoffroy, ils vont maintenant commencer à polluer la lune!

Ce fut le coup de grâce. M. Geoffroy venait de perdre ses dernières illusions. Il savait bien que dorénavant et plus que jamais auparavant, il ne serait heureux qu'entre les quatre murs de son domicile adoré.

L'Autoroute

Dans la salle basse de *la Chaumière landaise* régnait un silence tendu que le seul mouvement de l'horloge comtoise ponctuait d'un bruit sourd et persistant. Un groupe de verres fraîchement lavés miroitait sur le comptoir. Le torchon négligemment jeté trempait par un coin dans l'eau douteuse de l'évier. L'endroit était convenable, sans prétention; les rideaux à carreaux rouges et blancs, légèrement fanés, offraient encore à l'œil des coloris assez vifs, quand le soleil tombait dessus. Au-dessus de la porte d'entrée, les bois d'un cerf projetaient leur silhouette jusqu'au plafond de poutres apparentes.

Assis à une table, le patron, d'une tenue vestimentaire décente quoique usée, se remarquait à peine. Ratatiné sur sa chaise, le corps immobile, il tournait le dos à la porte du bar par lequel on accédait à la salle du restaurant. En cet instant, ses yeux seuls parlaient. Son regard parcourait la perspective de l'allée centrale entre les tables et venait buter contre la fenêtre à l'autre bout de la salle. Mais il manquait à ses yeux assez de concentration pour franchir ce premier écran de la vitre. Pourtant, le regard fixe ne se détournait pas de la fenêtre sur laquelle tombaient les derniers rayons de soleil.

De temps à autre, sa poitrine laissait échapper un léger soupir, troublant, l'espace d'un éclair, la concentration des yeux vagues de l'homme.

A l'extérieur, les pins maritimes perdaient leur netteté dans le crépuscule grandissant. Les longs troncs minces commençaient à se confondre pour ne plus former qu'une immense zone d'ombre. Le sous-bois était toujours l'endroit où la nuit pénétrait en premier.

Brusquement, la physionomie de l'individu se transforma. La venue de la nuit semblait lui redonner une certaine vie en intensifiant l'activité de ses pensées. Ses yeux avaient repris un aspect animé. Ils suivaient, avec inquiétude, une lumière qui se déplaçait rapidement, là-bas, derrière le bouquet de pins. Ses yeux, intenses et brillants, avaient maintenant franchi l'obstacle de la vitre; ils s'étaient portés jusqu'au fond du bois. A chaque passage des lumières, une lueur douloureuse emplissait le visage émacié de l'homme. Il avait une expression terrifiante et vindicative lorsqu'il se leva lentement en serrant les poings dans un geste de frustration impuissante.

– Non, grommela-t-il, je ne supporterai pas cela plus longtemps.

Depuis plus de deux années, M. Desbats appréhendait cette fin du mois de juin. Le petit village de Cap-de-Pin, petit hameau sur la route nationale entre Bordeaux et Bayonne, avait été profondément concerné par les rumeurs de construction d'autoroute à quatre voies sur l'axe France-Espagne. Les réunions du conseil municipal avaient vite fait apparaître un clivage d'opinion. Une partie de la population voyait mal ce projet. M. Desbats, en tant qu'unique restaurateur du village était concerné au premier chef et faisait entendre, à qui voulait bien l'écouter, que ce projet de modernisation ne profiterait qu'aux Parisiens et autres vacanciers, mais que "les Landais, eux, en sortiraient couillonnés comme jamais", et que, de toute façon, "le progrès nous enterrerait tous."

La restauration était La raison de vivre de M. Desbats. Ses parents avaient, en leur temps, créé *la Chaumière Landaise*. A une époque encore récente, la renommée du petit restaurant régnait sur une grande partie de la Haute Lande. La salle à manger était alors le rendez-vous d'une foule colorée de résiniers et de bûcherons. Chaque soirée était une fête en compagnie de ces gens simples et proches de la nature. Avec cette clientèle bon enfant et facile à contenter, la petite auberge baignait dans une atmosphère familiale. Ce fut la période occitane, l'époque heureuse de communion complète entre l'établissement et ses hôtes: M. Desbats se retrouvait dans ses clients. Il était lui-même l'un d'eux, et il mettait toute son énergie à satisfaire du mieux possible leurs désirs.

Mais le progrès était déjà à l'œuvre et s'adaptait au changement du mode de vie. La ruée vers le sud pendant les mois d'été transforma la Route Nationale 10: les tracteurs et les véhicules agricoles devenaient gênants et dangereux. L'invasion des touristes venus de Paris provoqua une transformation de l'établissement de M. Desbats. Ce fut insensiblement que cela se passa d'abord. Les gens de passage délogèrent graduellement la population autochtone qui préférait se retrouver dans des endroits retirés, plus à l'intérieur de la lande.

La perte de sa clientèle de cœur affecta M. Desbats quelque temps. Mais, il fallait s'adapter à la nouvelle situation. Une ère nouvelle s'ouvrait, qui semblait prometteuse. On entreprit donc d'importantes rénovations dans l'auberge, afin de l'adapter aux goûts plus exigeants des gens du nord. Ces dépenses, énormes, se justifiaient par les bénéfices importants des mois d'été.

Ainsi, tout allait à merveille lorsque le projet de contournement des villages par l'autoroute précipita mille petits commerçants dans une lutte à mort. La construction de l'autoroute simultanément au départ de Bayonne au sud et de Bordeaux au nord grignotait insensiblement du terrain et n'avait pas de frein. Cap-de-Pin devait être le dernier village à être contourné de par sa situation géographique entre les deux capitales régionales. Pour certains habitants du village, c'était une aubaine, car on avait ainsi un à deux ans de plus à vivre que les villages avoisinants. Mais d'autres disaient au contraire que c'était au désavantage de Cap-de-Pin, car le choc serait alors plus dur à supporter après avoir vécu tout ce temps dans l'attente de l'événement fatidique et que le village serait encore moins préparé à amortir le choc.

Cette année-ci, l'été ne serait pas comme les autres pour M. Desbats. En fait, cette soirée était la dernière que la salle à manger de *la Chaumière Landaise* venait de vivre au rythme normal d'une auberge de campagne. Dans 24 heures, tout cela allait changer. Les immenses travaux de contournement du village s'achevaient. Les lumières entraperçues parmi les troncs sombres des pins provenaient de quelque camion qui nettoyait l'ouvrage de contournement en vue de son inauguration le lendemain.

M. Desbats avait assisté, impuissant, à ce déferlement d'énergie sur le petit village. D'abord, les équipes d'inspection, avec tout leur harnachement hétéroclite, avaient prêté à jaser. Mais les coupes effectuées dans les belles forêts à l'ouest du village avaient brusquement rappelé les locaux à la cruelle réalité du progrès. Enfin, les ouvrages d'art avaient quelque peu consolé à la pensée que tout un chacun pourrait bénéficier du quatre-voies. Mais, lui, M. Desbats, était resté inébranlable dans son hostilité déclarée. Il se voyait ruiné, avec des dettes incommensurables. Pour comble de malheur, un hôtel-restaurant ultra-moderne, le *Paris-Madrid*, s'était déjà installée sur une zone aménagée à l'entrée de l'autoroute.

Les histoires d'amis restaurateurs qui avaient déjà subi ce sort tendaient toutes à la même conclusion: l'ouverture signifiait la ruine de l'auberge. Privés de leur clientèle estivale et du passage régulier de circulation à l'année, les restaurateurs voyaient leurs affaires péricliter immédiatement. Les gens, de plus en plus pressés, évitaient les routes secondaires pour se ruer vers l'Espagne et le soleil.

Tout cela, M. Desbats le ruminait depuis de longs mois, mais devant ce danger redoutable, il était paralysé d'inaction. Et maintenant l'imminence du danger avait rendu M. Desbats totalement renfermé sur lui-même et difficile à vivre pour son entourage. La qualité du service auprès des clients avait diminué. Il ne les entretenait plus de son charme tout gascon qui laissait de magnifiques souvenirs de vacances à ses hôtes. Le client était déjà devenu pour lui une espèce en voie de disparition.

Ce soir-là, les derniers consommateurs venaient de quitter l'auberge. Le restaurateur se dirigea vers la porte d'entrée et se glissa à l'extérieur. L'air tiède du soir lui rappela la joie qu'il éprouvait depuis plusieurs années à la fin juin. C'était l'époque des préparatifs d'été, l'excitation et la joie, les vacances pour les uns et le travail dans la bonne humeur pour les autres.

Les habitués avaient trouvé le patron particulièrement volubile pendant la soirée. Mais d'une volubilité teintée de fatalisme, dans laquelle ne transparaissait plus aucune véhémence. M. Desbats amenait le pavillon. Il avouait sa défaite qu'il essayait de noyer à grandes rasades de pastis et c'était bien la première fois que cet homme s'ouvrait ainsi aux autres, montrait un fond de sentiments meurtris qu'on ne lui soupçonnait même pas.

Mais la fin juin était aussi le moment où le gouvernement ouvrait les nouveaux tronçons d'autoroute. Celle-ci, pareille à un boa constricteur, déroulait son long ruban rectiligne et, d'une légère courbe, contournait les villages et les hameaux landais dans une étreinte à la fois mortelle et éternelle…

Le lendemain, en raison d'une pluie fine qui tombait sur la lande, l'inauguration officielle fut abrégée et le discours du préfet escamoté. Tout le monde se réfugia au *Paris-Madrid* pour prendre un petit verre, histoire de se ressaisir contre l'humidité pernicieuse et l'ambiance morose.

Sur le bitume, le ruban tricolore, tranché d'un coup de ciseau, gisait au milieu de quelques taches de sang que commençait à diluer la pluie battante.

L'Adieu

Le quai du Mont-Blanc recevait les derniers rayons du soleil par une fin de journée de septembre. Les quelques couples qui déambulaient goûtaient le calme du soir à travers le clapotement ténu des vaguelettes. Le lac brillait d'un immense reflet d'or. La quiétude qui précède la tombée de la nuit se répandait sur la ville. Tout était calme à Genève.

Le vieil homme qui avançait au milieu des promeneurs était mis impeccablement. Légèrement voûté, il marchait d'une manière à la fois hésitante et irrégulière. Il s'approcha finalement de la balustrade à laquelle il s'ancra des deux mains, absorbé qu'il était dans la contemplation de la baie.

"C'est dommage que le jet d'eau ne marche pas! J'aurais tant aimé le voir, surtout ce soir! " marmonna-t-il doucement.

La voix brisée par un hoquet se fondit en un murmure de sons confus. L'émotion qui emplissait le cœur de l'homme contractait maintenant son visage. Ses traits crispés paraissaient grimaçants, et les profondes rides, au coin de ses yeux, se plissèrent encore davantage, créant de véritables petites rigoles par où avaient dû couler plus d'une fois d'amers pleurs.

Debout sur une murette surplombant le lac, une fillette dispensait à une nuée de mouettes, canards et autres cygnes des poignées de miettes.

« Je n'ai même pas de pain rassis à donner aux cygnes. Comment ai-je pu oublier ce soir? » se dit-il. Et il se plongea dans une méditation mi-douce mi-aigre sur les avatars de la vieillesse et sur la notion que l'enfant est le père de l'homme.

– Pardon monsieur... Pardon monsieur... Pardon monsieur...

La voix semblait venir d'un autre monde. Elle était d'une telle insistance! Vraiment, quelque chose d'irréel! Ce fut comme un retour sur terre à travers une couche de nuages. Finalement le vieux monsieur s'arracha à sa rêverie pour regarder à son côté une petite fille qui lui souriait gentiment. C'était la petite qu'il avait remarquée tout à l'heure, il y avait, et bien, cinq minutes peut-être, ou bien plutôt une heure? Impossible d'être certain, car le temps de la rêverie... Et le visage du bonhomme se détendit à cette pensée. La petite, enchantée d'un tel accueil et qui prenait ce sourire pour une marque de bienvenue, se dit que le vieux monsieur n'avait pas l'air aussi bourru que ça, après tout.

– Vous voulez bien m'aider? C'est pour les cygnes. J'ai donné toutes mes miettes, mais j'ai quelques gros morceaux de pain rassis que je n'arrive pas à émietter. J'ai pensé que vous pourriez m'aider avec vos grosses mains.

Elle effleurait la manche du vieux monsieur, totalement désarmé devant une telle candeur. Il n'avait vraiment jamais pensé à ses mains comme en cet instant. Pourtant, après tout, peut-être pourraient-elles encore servir à quelque chose…

Et il effritait le pain rassis à pleines poignées, devant les yeux émerveillés et admiratifs de l'enfant.

– Merci monsieur, oh, merci beaucoup! Et elle repartit en courant.

« Vraiment, elles n'ont que si peu servi ces mains, se disait-il. Peut-être, si je les avais sollicitées davantage au lieu de me laisser glisser dans le monde vicié des sphères éduquées... »

Ce fut le froid qui le tira de sa nouvelle rêverie. Il était à présent seul sur le quai. La nuit était calme et noire. En se retournant, il se trouva face à l'hôtel d'Angleterre tout illuminé et se dirigea vers le hall d'entrée. Il allait souvent, le soir, prendre un verre dans l'atmosphère calfeutrée et tranquille du grand salon, avant de rentrer. Et souvent, ce lui était un effort de quitter l'hôtel, car il y trouvait une chaleur, une sécurité qui manquait chez lui. Et pourtant ici il ne connaissait personne à part le personnel qui le considérait simplement comme un fidèle client.

– Bonsoir monsieur...

C'était le portier qui lui souhaitait la bienvenue selon un rituel immuable depuis plusieurs années.

Il se contenta de hocher la tête en signe de communication. En fait, il était préoccupé par une idée saugrenue qui venait de s'emparer de lui.

« Environ 10 ans, c'est sûr. Mais c'est un bail, ça. Je n'en suis même pas vraiment conscient, et chaque fois que je passe cette porte, je commence une série de gestes automatiques qui culminent avec l'arrivée de mon gin et tonic et de *la Gazette* sur ma table. Cela semble figé dans une éternelle routine, mais cela ne peut pas durer toujours. Et ce, d'autant qu'il y a déjà environ 10 ans... 10 ans... »

Une sorte de vertige s'emparait de lui et il ne s'aperçut de la présence du serveur qu'au bruit de sa voix:

– Sera-ce la même chose que d'habitude, monsieur?

– Oui, oui, bien sûr.

« C'est quand même étrange se disait-il, je viens ici chaque été pendant 2 mois depuis si longtemps et pourtant, je ne suis qu'un client et rien d'autre pour eux. En dépit de toutes ces années... Est-ce le caractère sublimement britannique de ces employés modèles qui veut cette discrète distanciation d'avec la clientèle, ou bien est-ce plutôt quelque chose de plus général et inhérent à la nature même de l'homme? »

Il se perdait en raisonnements divers sur la cause de son sentiment frustrant de solitude. Etre seul, c'est être rejeté. Il faut que l'homme fasse un effort d'intégration et aussi d'acceptation d'autrui. Et après tout, si je me sens seul, ce n'est peut-être pas ma faute, mais bien plutôt celle des autres qui trouvent plus facile de se fermer plutôt que de s'ouvrir à autrui. Et pour tous ces employés, leur fonction devient le bouclier idéal pour éviter le contact, et ne se commettre que le strict minimum. Car il est des besoins affectifs...

– Garçon!

Sa propre voix, haute et claire, le surprit lui-même. Il n'était pas de bon ton de héler ainsi un employé. Un rapide coup d'œil le rassura, car il était encore seul dans l'immense salon doré.

« Peut-être le garçon s'est-il formalisé intérieurement, mais tant pis pour lui. Et puis après tout, c'est un peu à cause de lui que je me suis ainsi oublié. »

Jacques était droit, debout, dans l'attente d'un ordre. Mais l'autre ne se souvenait plus, il ne savait exactement où commencer. Alors, il demanda machinalement:

– Pourrait-on mettre un peu de musique ambiante, vous savez, les valses viennoises que vous avez?

Le garçon le regardait, médusé.

– Mais monsieur, depuis plus de 5 ans que je suis ici, on n'a jamais joué cette musique dans le grand salon...

Le vieil homme semblait sortir d'un songe. En voulant régler l'addition, il s'aperçut avec horreur qu'il lui manquait quelques francs.

« Il est sans doute temps que je rentre, pensait-il. Comment me tirer d'une telle situation? Moi qui n'ai jamais demandé crédit à l'hôtel, faut-il donc que j'en passe par là? Le garçon me connaît bien, et si je laisse ma montre en or, il sera plus qu'heureux. D'autant qu'après toutes ces années de service, il mérite bien un signe d'attention particulière. Après tout, il est très prévenant. »

Il n'était pas à l'aise en expliquant qu'il laissait la montre en partie comme gage de reconnaissance et en partie pour compenser le solde de la facture. Le garçon, sans manifester la moindre surprise, se contenta de s'incliner en murmurant:

— Oh! vous savez, monsieur, il ne fallait pas...

« Le brave homme, se disait le vieux, il me devine, lui, un serveur. »

Et il hochait la tête tristement. De son côté, l'employé se disait que le vieux monsieur se sentait embarrassé à cause d'un excès de sentiment de pudeur.

En sortant de l'hôtel, il serra la main de Jacques. Ce dernier, très étonné, rendit cependant la politesse sans montrer son trouble. Il ne savait pas qu'il ne reverrait plus cet étrange, mais attachant, client.

La nuit était noire et le lac bruissait doucement de l'autre côté du Quai du Mont-Blanc.

« Si je me dépêche, peut-être arriverai-je à l'eau se disait l'homme. »

Mais comme il commençait à descendre le perron, une Rolls Royce sortit de l'ombre et s'arrêta à sa hauteur. Un chauffeur ganté lui ouvrit la porte en disant:

— Madame attend Monsieur et m'a chargé de le reconduire à la maison.

L'impossible rêve prenait fin. Il n'y aurait plus de visite nocturne le long du lac, plus de rencontre agréable avec la petite fille, plus de collation à l'hôtel d'Angleterre. Comme chaque année à la fin de l'été, la vie prenait un virage radical. Il fallait réintégrer les pénates. Il ne pouvait s'empêcher de penser que l'hiver qui se profilait à l'horizon lui serait probablement fatal.

Il monta dans la voiture comme à contrecœur en pensant intérieurement qu'il aurait tant aimé voir le célèbre jet d'eau encore une fois en activité dans la rade.

L'Ordinateur

M. et Mme X. étaient mariés depuis 40 ans. Leur union avait été comblée pendant le premier quart de leur vie commune, heureuse pendant la décennie suivante, tendre pendant encore 10 ans et tranquille pendant la dernière partie de leur vie maritale. Aucun nuage n'était venu mettre en péril la douce quiétude de leur vie quotidienne. Bien sûr ils avaient eu leurs scènes de ménage, tournant toujours autour des mêmes problèmes triviaux. Mais sur l'essentiel, sur l'orientation générale de leur vie, sur les grandes options philosophiques, il régnait entre eux une parfaite compréhension qui avait rendu leur vie aussi égale que plaisante même après toutes ces années.

Ils s'étaient rencontrés au seuil de la vie active, et leur jeune âge avait été une garantie d'entente car l'expérience n'avait pas encore trop façonné leurs tempéraments. Le principe de tolérance avait guidé leur longue vie commune: ils avaient conclu que chacun devrait accepter les habitudes de l'autre de bonne grâce, habitudes qui ne devaient cependant pas entraver l'harmonie du foyer. Cet accord, au début tacite, avait été par la suite discuté et peaufiné à chaque petit problème qui venait déranger la routine que chacun goûtait fort. Ainsi, ils étaient arrivés à vivre selon un code souple mais bénéfique. Dès la deuxième décennie de leur vie maritale, le code avait été institutionnalisé dans sa forme quasi-définitive, car la longue habitude qu'ils avaient acquise l'un de l'autre faisait que chacun connaissait parfaitement le caractère de son partenaire, et rien ne semblait plus devoir venir troubler cette entente cordiale sur laquelle reposait la base de leur vie conjugale.

Ainsi, il y avait longtemps que Mme X. ne se formalisait plus du fait que son mari insistait pour boire son café mélangé de chicorée. Ce dernier produit, elle l'ignorait encore au moment de son mariage. A contrecœur, elle avait accepté de le préparer pour son mari, en vertu de la notion de tolérance. Et pendant longtemps, elle avait vu son mari boire son breuvage noir en pensant à Socrate et à son bol de ciguë. Mais comme elle avait l'esprit à la fois curieux et assez ouvert, elle se dit un jour, qu'il était anormal dans un ménage, de vivre si proche l'un de l'autre, et en même temps d'être éloigné à cause de telles différences en apparence anodines. Elle goûta donc la chicorée. Tout d'abord, elle ne l'apprécia pas beaucoup, mais le goût était assez intéressant pour qu'elle continuât à le goûter. Elle prit ainsi l'habitude de partager le petit déjeuner de la même manière que son mari, et après quelques semaines, elle riait de son attitude au début plutôt hostile envers ce « bol de ciguë » comme elle l'appelait.

M. X. aussi avait dû faire des sacrifices dans un élan de tolérance envers sa femme. Il ne connaissait pas grand chose aux femmes ni à la coquetterie, et il comprenait mal, au début, qu'on se couchât en bigoudis malgré les efforts de sa femme lui expliquant que c'était pour lui qu'elle se faisait belle, et que la nuit, il ne verrait pas le spectacle peu attirant de ses bigoudis. Il convenait de son côté que les résultats de telles sessions capillaires n'étaient pas sans exercer un certain charme sur lui. Aussi apprit-il à accepter les besoins esthétiques de sa femme, en gardant toujours à l'esprit que rien de beau ne se faisait sans effort ni rien de parfait sans laideur. Mais il embrassait sa femme tendrement lorsque sa mise en pli était achevée et il caressait amoureusement les formes lutines de ses cheveux qui, disait-il parfois en riant, les avaient amenés au bord de la rupture.

Les choses s'étaient compliquées pourtant sérieusement lorsque, après avoir décidé de ne pas avoir d'enfants, – ils tenaient trop à leur petite vie tranquille et ils avaient tous deux affreusement peur du dérangement qu'apporterait une tierce personne dans leur ménage – ils décidèrent néanmoins d'avoir un animal domestique. On parla longtemps de quel type d'animal on voulait, et tous deux tombèrent d'accord pour en choisir un qui nécessiterait le moins possible de soins et d'attention. Le chien exerçait une forte attirance pour l'affection qu'il savait manifester à ses maîtres, mais il faudrait le sortir régulièrement de l'appartement pour ses besoins, et cela pouvait devenir très vite une corvée. On élimina donc le chien, quoique avec regret. Très vite, le choix se concentra sur le chat ou l'oiseau en cage. Il fut difficile de trancher. Cette question les tracassa de longues semaines. On évaluait les mérites et les défauts de chacun. Finalement, il fut décidé de prendre un chaton. Ainsi, pourrait-on l'apprivoiser aisément. Un chat avait le mérite d'être propre et de pas faire de bruit d'une manière incontrôlable, comme aurait pu le faire un oiseau en cage.

L'arrivée du chaton fut un événement extraordinaire dans la maison. Il prenait vraiment la place d'un enfant, et M. et Mme X. n'avaient pas moins d'attentions pour le chaton qu'ils n'en auraient montré pour un nouveau-né. On l'entoura, on le choya, on le gâta. On fut désespéré devant les petits désastres qu'il causa. Il griffait, essayait ses petites pattes sur tout et eut le temps de faire quelques légers dommages avant que l'idée de suspendre un bouchon au bout d'une ficelle pour qu'il puisse y planter ses griffes naissantes – Mme X. se souvenait avoir vu cela dans un film – ne vint apporter le calme et le repos dans la maisonnée.

L'éducation du chaton se fit sans grande difficulté. Peu à peu, il prit sa place au sein du couple heureux de cette présence qui comblait un vide que les gens mariés éprouvent souvent lorsque aucun enfant ne vient égayer le monde sérieux des adultes. On vivait maintenant à trois. Lorsque Bijou mourut, plusieurs années plus tard, leur abattement fut tel qu'ils décidèrent de ne pas le remplacer pour ne plus s'exposer à nouveau à cette douleur intolérable.

La mort du chat coïncida, à quelques mois près, avec la retraite de M. X. Celui-ci y avait beaucoup pensé. Fini le travail insipide de gratte-papier dans l'administration! Il ne se plaignait pas de ce qu'il avait fait toutes ces années, mais il fut content de pouvoir se lever, un matin, sans avoir besoin de partir pour le bureau. Il souriait en pensant à l'expression « rond-de-cuir » qu'il avait entendue toute sa vie. C'était fini! Plus de tâches fastidieuses, de documents ennuyeux, de train-train étouffant. Il s'étonnait, en allant à son bureau le matin, que tout ce qu'il faisait puisse avoir une quelconque fonction pratique. Car il ne savait que trop le peu d'efficacité qui régnait dans les bureaux, le temps perdu à corriger des erreurs, des négligences, parfois des falsifications.

Maintenant se disait-il, je veux faire quelque chose qui me plaise et qui soit dirigé vers un but défini. Même si je ne dois pas en retirer beaucoup de fruits pratiques dans ma vie, je veux que mon activité ait un sens. Et je voudrais que Thérèse puisse aussi s'intéresser à quelque chose de complètement différent de tout ce qu'elle a connu jusqu'alors.

Ce furent d'autres longues discussions. M. X. trépignait d'impatience. Il était déjà retraité depuis 2 mois et il craignait l'emprise de l'inactivité dont on lui avait tant parlé. Il se reprochait maintenant de n'avoir pas préparé plus sérieusement sa retraite. Il reconnaissait avoir été un peu négligent. Bien sûr, il y avait les réunions du club local du troisième âge, et les X. y étaient assidus. Ils participaient aux occupations, aux loisirs, aux distractions hebdomadaires du cercle. Mais, très vite, M. X. en sentit les limites et comprit que son désir ne serait pas satisfait par là. Il se remit à penser, à discuter avec ses connaissances, à lire. Un voyage en terre exotique retint son attention. L'Egypte? Non, il ne se sentait pas vraiment attiré.

Qu'en penserait Thérèse? L'Espagne? Pourquoi pas? D'abord, c'est moins loin, donc moins cher. Et puis Thérèse voulait voir une course de taureaux à tout prix. Il fut donc décidé de franchir les Pyrénées.

Ce fut un voyage intéressant mais fatigant. On avait vu de bien belle choses, il fallait le reconnaître. Des châteaux, des couvents, des bastides, enfin tout un monde moyenâgeux qui surprenait après la vie trépidante de la capitale française. Thérèse avait satisfait son caprice mais elle en avait été guérie pour toujours car elle n'avait pu, au contraire des femmes espagnoles, se hisser dans sa jeune admiration jusqu'à accepter la mort du taureau avec enthousiasme. Et son éventail, au lieu de scander les mouvements impulsifs de son âme, avait servi à lui voiler la face au moment du sacrifice. Ils avaient ramené toute une collection de diapositives, et ils étaient fiers de les montrer à leurs amis au cours de soirées organisées spécialement autour des souvenirs de vacances.

Mais M. X. ne voulait pas passer toute l'année dans l'attente des vacances prochaines et dans le souvenir de celles qui s'achevaient. C'était bien sûr agréable de partager ses opinions et ses expériences avec d'autres, mais cela était trop limitatif. Vite il se sentit à l'étroit dans ce monde insouciant. Il ne pouvait pas uniquement vivre d'espoirs et de souvenirs. Il lui fallait du concret, quelque chose qui l'occuperait dans sa vie quotidienne, un projet. La vieillesse est bien la période de la vie où le présent prend sa dimension maximale, car le futur ne permet pas de perspectives encourageantes et le passé, lorsqu'on l'approfondit, finit par donner une sorte de vertige temporel difficile à combattre. Aussi M. X. reparla-t-il à sa femme du besoin d'activités nouvelles pour eux. Bien qu'elle ne souffrît pas les tourments de son mari, Thérèse était prête à risquer d'autres expériences. Sa curiosité instinctive trouvait en fait pâture à s'exercer depuis quelque temps, car leur vie avait été plus variée pendant les quatre derniers mois de leur vie de retraités que pendant plusieurs années de vie active. Aussi accepta-t-elle l'idée d'une autre orientation avec intérêt. Elle se promit d'aider Alphonse à trouver une solution à ce problème. Et c'est elle qui tomba un jour sur l'annonce de journal qui vantait les attraits de l'université du troisième âge. Ils en avaient entendu parler évidemment, mais cette fois-ci, l'adresse et le numéro de téléphone au bas de la page du journal étaient des appels difficiles à ignorer. M. X. trouva l'idée intéressante. Faire travailler son intelligence! Voilà quelque chose qui allait lui changer de son emploi de fonctionnaire!

Les inscriptions furent prises. Thérèse décida de suivre un cours d'art et Alphonse, un peu perplexe d'abord devant l'éventail du choix et le peu de préférence évidente qu'il affichait pour une quelconque discipline, résolut de tenter une classe d'informatique. Il était en fait très fier de son choix, car l'informatique était dans le vent. Et sa génération risquait fort d'être exclue de la nouvelle orientation technologique de la société, si elle n'y prenait pas garde. Le discours d'introduction du professeur avait fait mouche dans ces têtes aux cheveux blancs. Il fallait être résolument à la pointe de la nouveauté, et la vogue actuelle, dans tous les niveaux de l'enseignement, était décidément à l'informatique.

Le premier soir, de retour de l'université, Alphonse et Thérèse avaient beaucoup à se dire. Tous deux étaient ravis de la nouvelle dimension qu'ouvrait, dans leur vie, le choix de cette orientation. les livres étaient achetés et l'on se les passait en hochant la tête, un peu inquiets toutefois lorsqu'on essayait de lire, au hasard, quelque paragraphe. Mais on se coucha de bonne humeur, persuadés que la présence au cours et le temps passé à l'étude apaiseraient bien ces appréhensions.

Le cours d'informatique était ouvert à tous. L'accent fut bien mis sur la possibilité de chacun d'arriver à maîtriser, en son temps, les problèmes posés par les ordinateurs. Mais il fut décidé de faire le point avec chaque étudiant au bout de deux semaines de cours pour voir si certains préféraient, quelles qu'en soient les raisons, changer de cours et suivre quelque chose de moins technique et de plus traditionnel. Alphonse voulait se prouver que l'informatique ne le rebuterait pas et il travailla dur pendant ces quelques jours. Aussi, lors de son entretien avec le professeur, M. X. afficha-t-il un vif enthousiasme doublé de solides connaissances théoriques que remarqua son interlocuteur.

Il était question pour chaque étudiant, maintenant que les premiers mystères de ces appareils sophistiqués avaient été révélés, d'acquérir un ordinateur à domicile. Le cours, ceci était bien clair, servait à débroussailler les difficultés de base que rencontre tout débutant. Mais il restait que la bonne performance de l'étudiant, comme dans tout, était liée à la pratique courante. Et cela ne pouvait se faire que sur l'ordinateur. Alphonse aborda très franchement le sujet avec Thérèse. Cette décision ne pouvait être prise qu'en commun accord, car il s'agissait d'une somme assez conséquente qui aurait des répercussions sur d'autres domaines du budget. L'idée ne déplut pas du tout à Thérèse et la discussion tourna donc autour du planning budgétaire familial pour les quelques mois à venir, afin de concilier l'achat – à crédit – de l'ordinateur avec les besoins fondamentaux du ménage.

Il arriva un bel après-midi de novembre. On l'installa, vu l'exiguïté de l'appartement, dans le salon, sur une table proche de la télévision. Ce soir-là, Thérèse délaissa ses livres et écouta Alphonse qui lui indiquait fièrement le fonctionnement de base de l'ordinateur. L'écran fascinait Alphonse autant que Thérèse et l'initiation dura quelques heures sans qu'ils ne s'en rendent compte. Thérèse comprit vite que l'informatique n'était pas son domaine de prédilection. Aussi la leçon d'initiation d'Alphonse, pour fascinante qu'elle fût, resta aussi la dernière leçon d'électronique de Thérèse. Ainsi, chacun avait son domaine privé, car Alphonse n'avait pas plus de propension pour l'art que Thérèse n'en avait pour l'informatique.

Les vacances de Noël arrivèrent si vite que tous deux furent surpris de se trouver déjà à la fin de l'année. Il fallut préparer l'arbre de Noël et faire mille emplettes pour les fêtes de fin d'année. Mais dès le début janvier, lorsque le rythme de vie redevint peu à peu normal, les journées parurent longues à Thérèse avant la reprise des cours. Elle ouvrait ses livres mais il lui manquait la stimulation et les conseils de son professeur pour avancer d'elle-même dans l'exploration des grands maîtres de la Renaissance. Par contre, Alphonse ne s'ennuyait pas du tout. Il avait son jouet à domicile, ce qui était un stimulant bien plus efficace que n'importe quel cours ou professeur. L'ordinateur le fascinait et l'idée de repartir en cours ne lui plaisait qu'à demi car il commençait déjà à jouir d'une certaine autonomie dans l'utilisation de la machine.

On ne regardait plus la télévision. D'abord, le soir était le moment de prédilection pour l'étude et chacun s'absorbait dans son travail, Thérèse dans un fauteuil, plongée dans ses livres, Alphonse à la table servant de bureau, l'œil rivé à l'écran. Ensuite, l'usage de l'ordinateur empêchait celui de la télévision car les deux engins étaient dans la même pièce et Alphonse avait clairement indiqué qu'il ne pouvait travailler avec un bruit de fond dans la pièce. Ainsi leur vie avait-t-elle été grandement modifiée. Parfois, Thérèse aurait voulu voir certain programme qui l'intéressait particulièrement. Mais Alphonse refusait, faisant passer le droit à l'étude avant le droit au loisir. Ce qui préoccupait le plus Thérèse était que, depuis l'arrivée de l'ordinateur dans la maison, il s'était opéré une lente mais profonde transformation chez Alphonse qui oubliait parfois le code de vie commune. Le soir, il n'y avait guère de communication entre eux, car l'écran de l'ordinateur accaparait Alphonse d'une manière bien plus forte que ne l'avait jamais fait l'écran de télévision. En regardant des films, ils échangeaient souvent des propos. Mais l'ordinateur était un maître qui exigeait une attention totale. Il était non plus un mode de loisir, mais un objet de travail et le lien entre lui et son utilisateur devenait exclusif.

Il fallut quelque temps à Thérèse pour s'expliquer comment Alphonse s'était lentement détourné de leur vie commune au profit de ses études. Mais maintenant elle commençait à voir que l'ordinateur était plus que tout ce qu'elle avait imaginé. L'ordinateur procurait à Alphonse tout ce qu'il aurait dû chercher dans sa vie avec elle: possibilités de dialogue, de communication permanente, de stimulation. De plus, il avait aussi des atouts supplémentaires comme le manque de danger de désaccord virant en dispute ou l'exploration continuelle de champs de connaissance nouveaux. Thérèse se sentait angoissée devant cette machine et elle voyait mal comment elle pourrait rivaliser avec elle. Car c'est bien d'une rivale qu'il s'agissait, une rivale qui lui ravissait son mari peut-être sans possibilité de retour, qui lui donnait des orgasmes cérébraux au point de rendre ses yeux langoureusement brouillés. Il semblait bien maintenant que le démon de midi s'était réveillé chez son homme qui manipulait le clavier avec toute la fougue et l'impatience de quelqu'un qui a perdu tant de temps à des vétilles et qui cherche à tout prix à rattraper le temps perdu. Mais il ne pouvait y avoir place pour deux rivales sous le même toit. La jalousie compressait la poitrine de Thérèse. Ses sentiments furent exacerbés à un point de non-retour lorsque son mari lui refusa la faveur de voir une émission de télévision qui traitait précisément de son programme d'art et que le professeur avait conseillé de regarder: Alphonse ne pouvait « différer » plus longtemps une étude à faire sur le tableur. Magnanime, il permit cependant à sa femme de regarder son programme, mais sans le son, et avec l'écran de télévision orienté loin de lui afin de ne pas l'éblouir. Ce jour-là, Thérèse qui repensait à la douce harmonie de leur vie antérieure, regretta fort d'avoir elle-même suggéré de faire des études universitaires, car le but de n'y trouver qu'une occupation avait été bien dépassé et elle se demanda si elle n'avait pas déjà perdu son mari pour de bon.

Sa fureur se concentra sur l'ordinateur, cause de tous ses maux. Il fallait l'empêcher de continuer son œuvre maléfique d'une façon ou d'une autre. Alors, un jour qu'elle était seule, après avoir débranché les prises électriques, elle s'empara de la machine. Elle n'était pas trop lourde et elle s'étonna qu'un objet aussi léger puisse contenir tant de connaissances, dégager un tel magnétisme, jouir d'une telle complexité. Mais l'heure n'était pas aux sentiments. Qu'en faire? Dans un mouvement soudain, elle s'approcha de la fenêtre ouverte et, après s'être assurée que personne ne se trouvait dans la cour intérieure, elle lança la machine infernale qui vint s'écraser sur le pavé dans un bruit effrayant. Puis ce fut un lourd silence pendant lequel Thérèse sembla figée dans un rêve fantastique. Elle revoyait le choc brutal sur le sol et il lui semblait que sa propre vie venait ainsi d'être éparpillée à tous les vents. Son acte venait de créer une rupture dans sa vie conjugale. Alphonse ne pardonnerait jamais cet acte qui était une atteinte à sa propre personne. Mais pourtant, cette solution était la seule capable de satisfaire la rage qui habitait le cœur de Thérèse.

Lorsque Alphonse rentra, Thérèse, encore sous l'emprise de son rêve, ne l'entendit pas. Alphonse qui avait buté sur quelques débris de ferraille en passant dans la cour ne fut pas long à comprendre ce qui s'était passé. Il eut un coup au cœur en voyant le bureau vide. Il tomba de tout son long en murmurant: « Mais pourquoi, pourquoi, ... pourquoi? »

Effrayée, Thérèse se pencha sur lui. Il agrippa son bras qu'il serra convulsivement en répétant. « Pourquoi, pour...quoi? » Et il entendit, du fond de l'inconscience dans laquelle il était en train de glisser, la voix de sa femme, une voix étranglée par l'émotion, une voix qui semblait contenir une note d'effrayante sincérité: « Mais Alphonse, parce que je t'aime! »

Prison

La porte à demi ouverte était une tentation atroce. Dans la demi pénombre de la pièce, tout apparaissait terne et morne, hormis la zone d'ombre plus tranchée que l'ouverture de la porte laissait apparaître.

Pourtant, pourquoi se tourmenter? Cet endroit n'offrait-il pas des garanties solides? Une grande tranquillité, un parfum délicat et, surtout, une certaine habitude acquise lentement et péniblement mais qui permettait de souffler un peu, de s'isoler de la vie trépidante qui consume la vie à l'insu de l'individu. Ah! la joie de ne pas bouger, de ne pas s'inquiéter! Le délice de se laisser glisser dans un canapé profond et d'attendre que rien ne se passe, ou plutôt de ne plus attendre quoi que ce soit.

Les deux fenêtres de la pièce, quoique assez petites, permettaient une bonne appréciation de l'extérieur. Chacune d'elles offrait une vue différente. Et quel problème que de choisir une vue plutôt qu'une autre! Impossible de se cantonner dans la quiétude de celui qui, n'ayant qu'une fenêtre, en profite sans vraiment s'interroger sur la vue qui s'offre à lui. Mais avec deux fenêtres, la vision se double, l'esprit se trouble et le CHOIX s'offre. Malédiction soit du sentiment d'incertitude! En effet, entre deux vues aussi dissemblables que, d'une part une banlieue grise, grouillante et infecte et d'autre part, un parc avec bassin aménagé en plein cœur de la ville, qui ne préférerait pas la verdure? Mais aussi qui ne reviendrait sans cesse jeter un œil sur la banlieue pour affiner son appréciation du parc?

Quand il existe plusieurs alternatives, surgit alors parfois le danger de l'indécision. Quel casse-tête que de sans cesse réévaluer sa position et de puiser à nouveau la fraîcheur initiale dans l'antidote même de son inclination! Heureux celui qui n'a qu'une fenêtre et qui n'a donc pas la possibilité d'être tenté par le choix! Heureux? L'est-il vraiment cependant? Cette pièce n'a qu'une seule porte, donc pas de choix à ce niveau-là. Mais quelle incertitude en ce qui concerne le désir ou pas de sortir!

Et toujours cette porte, ouverture obscène vers des profondeurs insondables et inconnues. Si, au moins, l'au-delà était éclairé, ou même dans une demi pénombre! Mais rien! Rien que l'obscurité totale et glaciale, le noir du tombeau qui fige le vivant. Parfois, la nuit, une faible lumière éclaire, l'espace d'un instant, la profondeur redoutable de l'ouverture. C'est, chaque fois que passe une voiture, la lueur projetée au plafond qui se répand comme un phare sur ce lieu sans âge. Et chaque fois, l'ombre revient, tenace, avec ses nuances de teintes et demi-teintes de l'ouverture et du mur. Car, et ceci est quand même troublant, la porte n'est jamais fermée. Cette pièce n'est pas une prison. Même si un sentiment d'oppression s'en dégage perfidement. L'oppression de l'attente, c'est la lourdeur temporelle insupportable mais inéluctable. C'est le désir de battre le mur à coups de tête. Et d'ailleurs, qu'est ce sang qui macule le mur? Taches coagulées, traînées délavées. Que s'est-il donc vraiment passé dans ce lieu?

Soudain, la sonnerie du téléphone déchire le silence de la nuit. C'est comme un cri strident, unique, aigu qui n'a rien à voir avec le double grasseyement des sonneries du système téléphonique anglais. C'est comme un appel désespéré. Et pourtant, il ne faut pas décrocher. Tout à coup, c'est le silence. Et quelques instants après, l'appel se manifeste à nouveau, insistant, magnétisant. Serait-ce Lui? Deux, trois, quatre sonneries. Serait-ce le signal convenu jusqu'à neuf? Six, sept, huit. Brutalement, c'est de nouveau le silence. Etait-ce huit ou neuf? Impossible d'être sûr. Mais qui est donc cet Autre qui veut troubler la quiétude de l'ombre de ses appels sonores?

Téléphoner! Quel plaisir de pouvoir le faire quand on sait qui appeler. Heureux est l'Autre qui vient d'essayer de rompre la barrière des distances. C'est vrai, il n'a pas réussi à contacter un ailleurs, mais pendant quelques secondes, il a cru qu'il y arriverait, car il a dû lancer son appel en connaissance de son interlocuteur. Mais que faire quand on ne possède pas même de numéro à faire, d'interlocuteur à contacter, d'ailleurs à espérer? Que peut-on faire si ce n'est rêver à la douceur d'un Eldorado en caressant le fil en tire-bouchon du téléphone?

Tristesse d'une nuit d'angoisse. Avant le bruit du téléphone, il régnait déjà un air de tristesse dans la pièce. Le parfum délicat n'en serait-il pas la cause? Ou bien cette effrayante tranquillité? Mais si cette dernière est effrayante, on peut alors penser qu'elle-même est cause d'angoisse. Pourtant un parfum subtil doublé d'une atmosphère tranquille ne saurait être source de tristesse ou d'angoisse. Alors, est-ce autre chose? Dans la psyché humaine par exemple? L'angoisse doit provenir de l'association d'idées entre téléphone et foudre. Avec la tempête qui fait rage à l'extérieur depuis longtemps, il est mortellement dangereux d'utiliser le téléphone. La radio nationale n'a-t-elle pas annoncé plusieurs accidents mortels de ce genre récemment?

D'ailleurs cette tempête dure-t-elle encore? Il semble qu'elle dure depuis des mois, des années. Et pourtant, le ciel est étoilé, le croissant de la lune est net et brillant. La tempête? Ainsi l'angoisse aurait été causée par une tempête imaginaire, d'un autre temps. Cela signifie que les nouvelles de la radio datent elles aussi d'une époque éloignée dans le temps. Mais alors pourquoi être triste ou angoissé? Vit-on dans son temps?

Ce n'est plus un effet de l'imagination. La tempête s'est vraiment levée. Les éclairs irradient les prunelles atterrées de zébrures blafardes. Dans la pénombre lourde, un bruit semblable à un gémissement monte faiblement avant d'être noyé dans le grondement du tonnerre. Les lueurs des éclairs font penser à un bouquet de feu d'artifice. C'est le cœur de l'orage. L'intensité de la foudre est à son comble. Les humains se terrent. Peut-on braver le feu du ciel? Les avions eux-mêmes n'évitent-ils pas les zones perturbées? Pourtant, par la fenêtre, ne voit-on pas, au milieu du parc, une forme fluette bouger? Une forme humaine quoique écrasée par la pluie au point d'être presque méconnaissable. Ce visage doit ruisseler de gouttes d'eau. Peut-être même s'y mêle-t-il des larmes amères. Comment pourrait-on savoir, dans un tel déluge? Cet être humain a-t-il besoin de secours? Pourvu que l'habit rouge qui le couvre n'attire pas sur lui les effets de la foudre, comme il attire les fureurs du taureau! Rouge par une nuit sombre traversée d'éclairs fulgurants! la prunelle est flattée par cette vue insolite. Elle en oublie peu à peu la terreur et l'angoisse du début. La tempête et son bruit deviennent des notions floues. Il ne reste plus que des éclats de lumière qui traversent les ténèbres. Une tempête dont le bruit s'est éteint! N'est-ce pas le propre de la tempête sous le crâne? Pourquoi en avoir peur? La peur sans bruit est-elle vraiment si déplaisante? Par contre le bruit sans peur n'est-il pas, lui, un phénomène insupportable, utilisé d'ailleurs parfois comme ultime torture?

    La nuit, elle, garde ses droits. Le réverbère solitaire du parc paraît bien frêle dans ce gouffre de ténèbres. Mais que peut bien faire cet humain dans un tel déluge, au milieu des bruits de la tempête? Tiens! Voilà une deuxième ombre qui apparaît sous le réverbère! S'agirait-il d'un rendez-vous? Les deux personnes s'approchent l'une de l'autre. Les paroles qu'elles échangent pourraient très bien être des formules banales de politesse. Seules dans ce désert pluvieux, n'ont-elles donc rien d'autre à se dire que de simples salutations?

    Le battement soudain précipité du cœur oblige à se reposer. Pourtant, rien n'a motivé cette irrégularité cardiaque, sinon la triste vision de deux inconnus écrasés par les intempéries et par leur propre démesure. Mais voici que l'un d'eux avance la main pour toucher l'autre. Enfin, un contact! Et maintenant les deux corps se rapprochent l'un de l'autre, se touchent, se caressent, s'étreignent, s'embrassent. La pluie devient leur complice et noie leurs mouvements dans une brume floue. Tout apparaît légèrement brouillé. S'aiment-ils? Se connaissent-ils déjà? Quelle est l'histoire de leur aventure et pourquoi ce rendez-vous dans un endroit désert, par un temps si funeste? Probablement n'ont-ils pas pu se contacter avant de venir. Serait-ce donc l'éternelle histoire du triangle amoureux? Mais lequel de ces deux est tiraillé entre son devoir et son amour? Est-ce lui ou bien est-ce elle? Il serait fascinant de connaître ce détail et de remonter chronologiquement le fil de cette histoire. On trouverait peut-être qu'elle est mère de famille avec deux enfants charmants en bas âge. Son amour adultère la désole vis-à-vis de ses enfants. Mais sa passion l'enchaîne corps et âme à cet homme. C'est pourquoi elle se blottit contre son épaule, cherchant protection et confort, courage et assurance, cherchant ce qu'elle ne trouvera probablement jamais. Car, lui, que pense-t-il exactement? La tête ruisselante de pluie mais droite et regardant au loin, comme pour forcer ce mur de brouillard humide, sait-il tout ce qu'elle endure intérieurement, comprend-il le nœud coulant de son dilemme à elle, compatit-il à sa douleur et, finalement, est-il prêt à tout pour elle?

Tout! Un mot de quatre lettres, petit, insignifiant, mais d'une teneur explosive, gigantesque, effrayante! Qui peut jamais avancer avec assurance d'être prêt à tout pour un autre? Mais l'avenir, mais l'impondérable, mais le changement même des êtres? Peut-on répondre de tout cela pour jamais, au cours de ces fiévreux serments d'amoureux, perdus sous les charmilles, bercés par le bruissement des feuilles, le bourdonnement des insectes, l'écrasante chaleur du soleil et l'engourdissement béat du sommeil? Plus tard, précisément sous les trombes d'eau, dans les tempêtes diluviennes et les orages suffocants, le souvenir de ces moments d'un autre monde paraîtra irréel, rêvé, utopique, totalement désincarné et donc délivré de tout attachement moral antérieur. C'est ainsi que se défont les petits serments du temps des amourettes. Et celui qui reste la tête bien droite dans la tempête, dans une attitude stoïque, émanation de force inébranlable, celui-là n'est-il pas quand même aussi un homme de chair et de sang, ballotté par ses passions, obligé de s'accrocher désespérément au bastingage de sa volonté, toujours dans l'angoisse de ne pas vivre à la hauteur de ses buts?

Ainsi la pluie qui écrase le paysage de sa masse liquide semble-t-elle vouloir écraser toujours davantage la volonté de l'homme, son désir impérieux de vaincre envers et contre tout.

Ca y est! Le charme est rompu. Les deux silhouettes se séparent, comme à regret, lentement, mais inexorablement. Le banc vide crépite de mille gouttes de pluie. Là où un semblant d'amour commençait à s'ébaucher ne reste rien que le vide, le néant imbibé d'eau.

La pièce d'où il a tout observé semble soudain se recroqueviller sur elle-même. À l'extérieur, rien de palpitant. C'est l'angoisse de l'ombre qui ressurgit inexorablement. Les battements de cœur se font plus rapides et saccadés. Une seule issue, c'est de fermer les yeux. Mais la hantise s'accroche, le doute s'installe, le cœur s'émeut. Combien de temps rester encore ainsi?

Un petit grattement lui fait comprendre que les rats sont revenus. Mais pourquoi donc en avoir peur? Il faut être stoïque devant les petites choses d'abord. Car, si un jour il décide de sortir de la pièce, aller par exemple dans ce jardin qu'il peut voir par la fenêtre, quels dangers ne le guettent-ils pas là-bas? Des dangers autrement plus dangereux que quelques petites bestioles en fait inoffensives.

Soudain, un coup de tonnerre. Il associe cette intense déflagration au coup mortel que l'on donne pour tuer. Une force incommensurable que l'on ne contrôle pas et dont on est en fait le jouet. La tempête redouble. Peut-être qu'ils se sont simplement quittés à cause des intempéries. S'il a offert de faire l'amour sur la pelouse détrempée, on arrive à comprendre un refus de la part de la femme.

Il n'a pas de miroir et ne sait même plus à quoi il ressemble. Pourtant sa curiosité ne va pas dans cette direction. Il voudrait avoir le miroir qu'apporte le contact social. Ah! Pouvoir, chaque jour, rencontrer quelqu'un, oui quelqu'un. Car sans l'autre, pas de miroir. Il y a tellement longtemps qu'il ne se voit plus dans les yeux des humains! Et ne plus se voir, c'est comme être mort. Et la mort, qu'est-ce? Peut-on vraiment avoir peur de ce qu'on n'a point encore connu? Beaucoup le disent, mais lorsqu'ils énoncent leurs propos, la peur n'est plus, elle est dissoute, et viscéralement, il n'en reste plus rien. Seul quelque brin de souvenir tracasse encore l'esprit. Pourtant, ce corps ballant que l'on promène partout, lui, qu'est-il? Reflète-t-il donc nos impressions et nos sentiments aussi simplement que le baromètre annonce les variations de température? N'est-il donc rien de plus qu'une surface sur laquelle viennent s'imprégner photographiquement les éléments de la vie? Ou bien est-il, déjà, aussi, complice de notre âme, en ce qu'il a, lui aussi, sa propre personnalité, sa propre psychologie?

Le Mendiant

Le Passage Terrasson reliait l'Avenue Victor Hugo à l'Avenue Pasteur. Lorsqu'on pénétrait dans le Passage, on se trouvait devant une espèce de cour intérieure qui faisait penser à un cul-de-sac. Pourtant, dans le coin gauche, au fond, s'ouvrait, entre deux rangées de murs en brique, une étroite allée qui rejoignait l'Avenue Pasteur. Le temps avait façonné des habitudes tenaces chez les habitants du quartier qui voyaient dans le Passage une sorte de terrain vague où satisfaire toutes sortes de besoins qui n'avaient en général aucun rapport avec les activités communément admises sur la voirie. Peu à peu y était apparue une faune étrangère au quartier.

Le jour, le Passage était la possession de ses habitants ainsi que de certains voisins qui venaient y terminer la promenade quotidienne de leur chien. Bien sûr, devant la mauvaise réputation croissante du coin, plusieurs habitants avaient jugé préférable de déménager. Cependant, les plus anciens, propriétaires de surcroît, avaient serré les coudes et les dents. Retraités pour la plupart, ils ne sortaient qu'en plein jour et se cantonnaient à l'intérieur de leur demeure, dès la tombée de la nuit, lorsque surgissaient des groupes d'inconnus qui prenaient possession de l'endroit jusqu'aux lueurs de l'aube. Ainsi coexistaient deux groupes bien distincts qui investissaient la ruelle selon le rythme cyclique du jour et de la nuit. Cette coexistence ne causait pas de problème car les contacts étaient limités aux rares occasions où l'un des habitants rentrait – chose exceptionnelle – tard le soir.

L'allée avait tout vu et tout subi: les méfaits des petits voyous, les stations des belles de nuit, et même, disait-on à demi-mot, le trafic de drogue. A cause de leur caractère illégal, ces activités ne se perpétuaient pas longtemps. Elles disparaissaient subitement pour réapparaître tout aussi subitement quelques semaines ou quelques mois plus tard. Il y avait ainsi des périodes d'accalmie, où le silence nocturne résonnait si étrangement qu'il provoquait, au début du moins, un sentiment bizarre d'angoisse chez les propriétaires du coin.

M. Jacquart habitait dans une maison proche de l'entrée du Passage. Il vivait seul: retraité, il demandait peu à la vie. En fait, il recherchait la solitude, car il était trop renfermé et trop égoïste pour partager avec autrui toute trace de sentiment. De plus, une tendance prononcée à l'avarice lui faisait éviter, autant que possible, tout contact humain qui, en se resserrant, aurait pu faire place à des formes de dépendance. M. Jacquart n'aimait personne, mais il supportait tout le monde pour autant qu'on le laissât tranquille.

Il avait passé bien des nuits étranges, à l'affût derrière ses rideaux. Au cours des dernières années, il avait assisté ainsi à des scènes bien étonnantes. Pour éviter d'attirer l'attention, il éteignait toujours ses lumières avant de se poster au coin de sa fenêtre à observer le spectacle de la rue qui l'effrayait un peu, malgré la sécurité de se sentir enfermé à double tour chez lui. Mais maintenant, il avait vu tant de choses que plus rien ne l'étonnait. La ruelle avait fait son éducation, une éducation parallèle à la norme bien pensante. Mais l'habitude avait arrondi les angles et le jugement de M. Jacquart sur le monde s'était beaucoup modifié et élargi: car tant qu'on ne touchait pas à son bien, il se révélait d'une tolérance surprenante: il étonnait ses rares amis par ses commentaires sur les faits divers des journaux, fustigeant tout autant les agresseurs pour leurs actes de vandalisme que les agressés chaque fois que ceux-ci avaient incité, indirectement bien sûr, les vandales par manque de précaution. Car lui, on ne l'y prendrait pas à déambuler la nuit dans les endroits mal famés. Il s'était fait une règle d'or de ne jamais s'aventurer dans le Passage après la fin du jour. Parfois, cette limite qu'il s'imposait lui coûtait bien un peu, mais il la considérait comme un moindre mal. Il était ainsi arrivé à une vie sociale totalement diurne. Car le soir, personne ne venait lui rendre visite, pour les mêmes raisons évidentes que lui-même ne se risquait jamais dehors. Pourtant, avec le recul du temps, il s'était bien habitué à cette vie tranquille et il lui arrivait parfois d'y trouver plus d'avantages que d'inconvénients.

Ceci ne signifiait pas pour autant qu'il acceptât la situation présente de gaieté de cœur. Sa nature foncière de bon vieux bourgeois s'était plus d'une fois insurgée devant la lente dégradation infligée à son allée, mais ces mouvements de révolte étaient intérieurs et silencieux...

L'invasion commençait toujours après la tombée de la nuit. M. Jacquart avait eu l'occasion de voir une étrange variété de visiteurs du soir. Les groupes se succédaient selon le passage des modes et des saisons: l'ouverture d'un bar en vogue dans l'Avenue Victor Hugo avait ainsi amené, pour un temps, l'invasion de groupes de jeunes motards qui prenaient possession du quartier les mercredi et jeudi soirs. Cette faune avait ensuite disparu depuis le jour où le bar avait dû fermer.

Il se dégageait de l'allée une odeur nauséabonde qui devenait presque insupportable certains jours. Ceci venait du fait que les badauds en promenade avec leurs chiens faisaient invariablement un détour par l'impasse avant de rentrer chez eux. Par conséquent, durant la journée, le Passage était surtout fréquenté par ces badauds qui trouvaient au Passage un aspect propre à satisfaire leurs besoins. Les honnêtes gens le tenaient pour un endroit malsain où chaque pas pouvait réserver une mauvaise surprise. Ce danger était bien sûr augmenté la nuit, car les réverbères ne dispensaient qu'une lumière faible, peu propice à éclairer toutes les embûches. Cette situation était faite pour arranger la pègre qui ne voulait aucun témoin pour régler certaines affaires louches. La canaille n'hésitait donc pas à s'enfoncer dans les coins les plus obscurs du Passage pour se livrer à de mystérieuses activités, sans se soucier de la salubrité du lieu. Car pour elle, cela ne comptait pas en comparaison de la cachette providentielle d'un tel lieu. Ainsi ce qui causait la répulsion des uns faisait le bonheur des autres.

Les belles de nuit dont le centre d'action et d'attraction se situait dans l'Avenue Victor Hugo, à quelques centaines de mètres de l'ouverture du Passage, arpentaient régulièrement cette distance dans leur déambulation routinière. Jamais elles n'allaient plus loin et choisissaient parfois de prendre leur station d'attente au coin de l'allée. L'habitude avait ainsi amené les clients à attendre les péripatéticiennes en bout de leur marche, et le coin des deux voies de passage était le lieu où d'ardents pourparlers prenaient place, suivis de ruptures et de réconciliations. M. Jacquart observait ce manège avec grand intérêt. Il était même certain que parfois, le couple s'enfonçait dans le Passage au lieu de remonter vers quelque demeure de l'Avenue. Il entrouvrait alors très légèrement sa fenêtre pour suivre leur marche, mais lorsqu'ils atteignaient le début du boyau, l'angle de sa fenêtre l'empêchait de voir plus loin. Alors il tendait l'oreille: invariablement le bruit de pas cessait et le silence n'était ensuite troublé que de bruits discrets et confus qu'il entendait mal à cause de l'éloignement.

Ces actes mystérieux se tenaient toujours en dehors de l'aire lumineuse des réverbères et M. Jacquart devait se contenter de faire travailler son imagination. Car il se cachait en lui un profond penchant sensuel que sa timidité avait canalisé dans cette sorte de voyeurisme aveugle. Pourtant, il ne pouvait s'empêcher de réprimer un sentiment de nausée lorsqu'il revoyait le couple émerger du Passage en rectifiant du mieux possible son apparence et se quitter, sans un regard, sans un mot souvent...

Un jour, par une après-midi superbe, alors que M. Jacquart tournait le coin de l'Avenue Victor Hugo pour faire une course, il faillit trébucher sur une forme humaine assise sur le sol.

Le premier mouvement de mauvaise humeur passé, M. Jacquart fixa attentivement celui qui lui souriait comme pour s'excuser de cet incident. Jamais personne ne s'était posté, à une heure si matinale à cet endroit. Dieu savait encore de quel trafic il pouvait bien s'agir! Surtout que l'homme avait, par sa position même, l'impression de s'effacer à demi, de ne pas vouloir importuner tout en s'assurant qu'on le remarquerait. C'est au moment où M. Jacquart allait reprendre sa marche qu'il remarqua un béret posé par terre, au milieu duquel brillait une pièce d'un euro. Un mendiant! Que diable venait-il faire par ici? se disait le retraité, le souffle coupé par cette découverte.

En rentrant chez lui, il priait pour que le miséreux soit parti traîner ailleurs. Mais il le retrouva à la même place, toujours aussi souriant. Le retraité prit soin de faire un écart prudent pour éviter une trop grande proximité avec cette main aux ongles noirs qui se tendait vers lui. Il glissa tout de même, du coin de l'œil, un regard vers le béret dont le contenu était le même que précédemment. Cette pièce gênait beaucoup le retraité. Etait-ce une bonne âme qui l'avait déposée au fond du béret? Pourvu que non, car ce serait une incitation à le faire s'implanter dans ce lieu, et M. Jacquart ne voulait absolument pas de ce voisinage. Un mendiant! Il se consolait en pensant que peut-être le miséreux avait lui-même mis cette pièce en évidence, pour stimuler les passants.

Arrivé chez lui, M. Jacquart se posta à la fenêtre. Il faisait encore jour, et il n'avait pas l'habitude de faire le guet si tôt, car il n'y avait jamais rien à signaler alors. Il pouvait voir les pieds de l'homme qui dépassaient du coin de l'Avenue. Pourvu qu'il parte et ne revienne pas! Pourvu que les gens l'ignorent! Pourvu qu'on le chasse! Nous voilà assiégés en plein jour maintenant. C'est le début d'une véritable infection, si l'on n'y prend pas garde. Si celui-ci prend racine, il est sûr d'attirer toute sa confrérie. De jour nous aurions la vermine, de nuit la pègre. Ce serait une ronde infernale!

    M. Jacquart était bouleversé par toutes ces idées qui se pressaient dans son cerveau. Il sentit soudain qu'il fallait faire quelque chose. Il ne savait pas quoi, mais la situation méritait une sérieuse analyse. Il ne voyait pas à qui se confier car Il ne pouvait se fier qu'à lui-même. Pour lui, l'arrivée du mendiant était un événement tragique. Il ne voulait pas s'avouer le véritable motif de son inquiétude, mais au fond de son cœur, le dieu argent s'était réveillé à la vue de la mendicité qu'il ne pouvait souffrir. La mendicité, c'était insupportable, c'était laisser importuner les braves gens par des êtres effrayants et inconnus. C'était semer le trouble et la peur dans la vie bonhomme des gens tranquilles. C'était surtout placer les gens paisibles dans un état de tension psychologique et d'inquiétude permanente, quand on voyait ainsi, au détour de <u>sa</u> rue, un inconnu faire la manche. En fait, tout cela vu sous un angle différent demandait beaucoup d'audace de la part du mendiant qui devait imaginer les passants bien pleutres de supporter un contact aussi désagréable et nullement désiré.

    Ce qui troublait le plus le retraité était l'expression souriante du visage du mendiant. Cela n'indiquait rien de bon. Au contraire, ce sourire pouvait cacher mille choses: épiait-il les habitants du quartier, cherchait-il les plus désarmés? Quelle horreur! Peut-être n'était-il là que pour repérer la maison la plus vulnérable afin d'y monter un coup ensuite.

    Le mendiant était parti à la tombée de la nuit. M. Jacquart se barricada ferme cette nuit-là. Il oublia tout le reste, n'entendit rien des bruits familiers du dehors, tant il était obsédé par ce problème. Il dormit mal.

Il eut une série de cauchemars dans lesquels il était systématiquement en butte à une horde de mendiants qui le chassaient. Car l'exemple du premier avait suscité l'intérêt de tous les autres et c'était une véritable cour des miracles qui hantait maintenant le Passage. Le nombre leur donnant du courage et de l'audace, ils ne se cantonnaient plus à leur station journalière, mais ils restaient après la tombée de la nuit. Les groupes de petits voyous n'osaient guère les prendre à partie, car ils étaient en état d'infériorité et, peu à peu, ils délaissaient le quartier. C'est ce que voulaient les miséreux. Maintenant que la place était libre, il leur serait possible d'agir en toute liberté et de faire régner un système bâti non sur la violence brute mais sur la peur. En effet, voir des grappes de clochards accroupis sous les portes cochères et hanter les rues du quartier, poursuivre de leurs plaintes et de leurs gémissements les courageux qui osaient sortir de chez eux, tout cela donnait à la vie une dimension fantastique, à peine crédible. On pouvait tout juste leur échapper en courant, et il fallait s'enfermer à double tour chez soi. Mais c'est alors que les volets et les portes étaient défoncés par des centaines de bras décharnés. Les mains se tendaient, des mains aux doigts meurtris et osseux, des mains qui s'agitaient et qui poursuivaient le nanti à travers sa demeure. Au moment où elles commençaient le pillage de la maison, elles s'abattaient sur M. Jacquart qui se réveillait chaque fois, ivre d'horreur, en poussant une longue plainte qui sortait de la maison et résonnait dans l'étroit Passage où d'occasionnels trafiquants, terrifiés de surprise, s'enfuyaient à toutes jambes en se promettant de ne plus jamais hanter cet endroit...

Au matin, épuisé par ces luttes incessantes par lesquelles il était livré à des bataillons d'ennemis, M. Jacquart avait pris une décision. Convaincu que ce premier mendiant était la graine d'ivraie qui germerait si on lui en laissait l'occasion, il avait décidé qu'il fallait l'écraser comme on écrase un insecte. Il fallait le faire aussi vite que possible, s'il revenait. Peut-être même ne reviendrait-il pas seul? Dans ce cas, la lutte était presque perdue d'avance. Mais après tout, reviendrait-il? Peut-être le hasard l'avait-il fait passer par là, mais sans aucune intention d'y revenir, ni même sans aucune intention préméditée de s'y arrêter?

M. Jacquart n'osait trop se bercer de l'espoir que cette rencontre n'aurait pas de lendemain. Dès le matin, il prit position près de la fenêtre et observa l'angle de la rue. En buvant son thé, il calculait qu'il irait faire un tour vers le début de l'après-midi. L'attente et l'incertitude paralysaient son esprit qui cherchait quelle solution radicale employer pour décourager à jamais l'horrible mendiant d'investir à nouveau cet endroit. Mais plus il pensait, moins il trouvait de solution. Bien sûr, il y avait toujours l'ultime procédé de la violence, de l'élimination totale. Mais il se cachait à lui-même cette possibilité. Tout serait tellement parfait si on ne le revoyait plus.

Il sortit vers les deux heures. En tournant l'angle de la rue, il prit bien soin de négocier un large virage pour éviter tout contact importun. Mais il n'y avait personne. Le trottoir était vide. Il se sentit transporté de joie. Le contact avec l'extérieur lui fit du bien et il commença à oublier les terreurs de la nuit. Mais en rentrant quelques heures plus tard, il dut déchanter. L'autre était là. Toujours au même endroit, dans sa position familière. Comment osait-il? C'était donc bien un acte prémédité, cette fois-ci! S'il se postait ainsi au coin du Passage, il espérait en retirer quelque profit. M. Jacquart se perdait en suppositions sur les véritables intentions du mendiant. Et toujours cet ineffable sourire! En passant à son niveau, bien que l'autre osât lui tendre la main, le retraité l'ignora royalement mais s'assura de vérifier, du coin de l'œil, le contenu du béret.

Horreur! A côté de la pièce d'un euro miroitait maintenant une autre pièce de deux euros!

M. Jacquart s'enfuit chez lui en pressant le pas. Ses prédictions les plus sombres se confirmaient. Il ne faisait aucun doute que la seconde pièce avait été déposée par un passant. Combien d'autres avaient ainsi encouragé le mendiant à faire de ce coin son champ d'action? Mais ceci n'était pas le plus grave. Ce ne pouvait être que le prélude d'une série sans fin d'apparitions nouvelles et mal venues. Alors les pires scènes de ses cauchemars violents prendraient corps, et qui sait où tout cela aboutirait? Surtout, si les gens se doutaient de tout ce que cachait ce vieux retraité, en apparence si simple et si démuni. Il savait très bien qu'entouré de nécessiteux, tôt ou tard il deviendrait un objet de curiosité, puis de convoitise. Et alors... C'était bien une lutte sans merci qui s'annonçait! Lui contre eux, contre tous, et surtout, d'abord, impérativement, contre celui-ci, le premier symptôme, d'autant plus redoutable qu'il dissimulait toute sa rapacité derrière un sourire qui pouvait toucher certains! La preuve en était cette pièce de 2 euros! Il ne fallait plus tergiverser! Et si les gens étaient naïfs au point d'être aveugles, il agirait seul et pour tous, il les sauverait à leur insu!

Il retourna plusieurs plans dans sa tête et, chaque fois, il en arrivait à la même conclusion: décourager le mendiant de revenir à jamais, par une action violente, terrifiante, sans être nécessairement radicale. Il faudrait donc être assez violent, ne pas hésiter. Une action franche, bien menée était la garantie d'éloigner le problème pour de bon. Il fallait effrayer le bonhomme assez pour que ni lui ni ses semblables ne veuillent tenter leur chance à nouveau dans cette zone nettement inhospitalière. Qu'ils aillent investir les parvis des églises, même celui de l'église Saint Justin qui était celle du quartier, mais qu'ils reconnaissent aussi la limite de leur territoire !

Il fallait surtout éviter d'être vu. Le moment et le moyen de dissuasion étaient donc extrêmement importants pour mener à bien le projet, sans complication. M. Jacquart décida d'agir le plus tard possible, juste avant la tombée de la nuit. C'était l'heure à laquelle l'autre était parti hier, et s'il refaisait la même chose aujourd'hui, ce moment-là était déjà si proche de la nuit qu'on y voyait beaucoup moins qu'en plein jour. Il s'habilla pour sortir et comme d'habitude, mit son chapeau et prit sa canne ferrée. Lentement, il se dirigea vers le coin du Passage. Il était nerveux, mais il savait qu'il ne faillirait pas. Il avait trop à perdre dans la situation présente et il se sentait comme investi d'une mission. Il passa une première fois devant l'homme qui lui souriait à son habitude. Après quelques pas dans l'Avenue, s'étant assuré que tout était désert, il se retourna et revint nonchalamment vers le coin de l'impasse. Il faisait déjà assez sombre. Personne en vue. Le mendiant s'agitait comme s'il s'apprêtait à se lever pour partir. Il faut que je le cloue sur place, se dit M. Jacquart en pressant le pas.

Le béret n'était plus sur le pavé et le mendiant, pour une fois, ne leva pas la tête, occupé qu'il était à mettre dans sa poche son butin de la journée, tout en s'appuyant déjà au mur pour se mettre debout. Alors le retraité lui donna un coup sec du bout effilé de sa canne en pleine poitrine, un léger coup dont il voulait l'effet assez mesuré pour ne pas tuer, mais pour provoquer une douleur horrible en plein sternum. L'autre glissa comme une feuille le long du trottoir. M. Jacquart, surpris de l'efficacité de son acte, ne pensa même pas à dire à l'autre qu'il n'était pas bienvenu dans le quartier. Il partit chez lui un peu inquiet tout de même de l'effet radical du coup porté.

De retour derrière son rideau, il essaya de calmer ses émotions. Mais au bout du Passage, il voyait un pied immobile dépasser du coin de la rue. Il n'escomptait pas que l'autre ne se relèverait pas. Bien sûr, pas tout de suite, mais il y avait déjà une demi-heure, et rien n'avait bougé. Tout de même, ce corps n'allait pas rester là toute la nuit! Ceci n'était guère pour calmer le retraité.

Il ne put se coucher que fort tard. Une ambulance était arrivée finalement et avait enlevé le mendiant. « Il est enfin parti », se disait le retraité. Et cette nuit-là, il s'abîma dans un sommeil profond, sans cauchemars. Il avait enfin l'esprit délivré d'un poids énorme.

LA VRAIE REVOLUTION

La folle ronde de la terre sur elle-même et dans le cosmos au milieu des « grappes d'astres d'or mêlant leurs tournoiements » entraîne l'humanité dans une frénésie qui donne le tournis. Sur terre, depuis l'aube des temps, chaque journée évolue au rythme des mille formes circulaires que sont les ronds, sphères, disques, cylindres, cônes, bagues, lassos, nœuds, boules, billes, anneaux, ronds, cercles, balles, ballons, roues, rouleaux, roulettes et pneus qui assurent confort, sécurité, énergie, plaisir et vie à l'humanité.

Par sa fenêtre ouverte, un homme observe le ciel, la prunelle plongée dans les mystères du télescope. Il ne peut s'empêcher de penser à la fantastique sarabande dans laquelle il est engagé, ce tournoiement sur lui-même toutes les 24 heures, et ce vaste mouvement qui fait faire le tour du soleil en 365 jours. Tout cela crée une dislocation dans son cerveau. Il est devenu un mystique du cosmos: il se perd dans des perspectives infinies d'étoiles inconnues, de planètes en déliquescence, de mondes silencieux et effrayants. Il atteint à l'extase cosmique, perdu dans un orgasme visuel procuré par l'œil rivé à l'orifice du télescope. Lorsqu'il revient sur terre, il lui faut alors raccorder ses sens égarés avec le vieux monde connu, avec cette géographie familière que l'on est toujours heureux de revoir, même si l'on est à jamais nostalgique d'expériences inénarrables.

Ce retour au monde réel lui cause toujours une vive réaction. Car très vite son extase est relayée par l'ivresse du mouvement circulaire qu'il retrouve un peu partout. Il adore voir les chantiers de construction, lorsque les bulldozers, sans aucun égard pour la topographie, creusent, déchirent et saccagent tout de leurs gigantesques roues et de leurs énormes pelles; son âme de voyeur lui fait rechercher le spectacle des dentistes qui font bourdonner leur roulette avec un sourire énigmatique; il adore assister au déboulé des vélos tout terrain qui labourent des terres vierges sous le regard impassible des bovidés; il applaudit aux quarante tonnes qui défoncent le tarmac des chaussées, aux voitures marchant au pas, dans un roulement docile, pare-chocs contre pare-chocs; il s'enthousiasme devant les nuées de moustiques et d'hirondelles décrivant des formes savantes et complexes, mille figures tourbillonnantes dans le ciel; tout cela est d'une folie ahurissante, propre à abrutir et dérégler celui qui se laisse entraîner dans le tourbillon du mouvement perpétuel.

Mais soudain, il se sent à nouveau pris de sa grande angoisse. La terre, cette chère planète bleue qui porte la vie, pour combien de temps est-elle encore là? Sous la boule de feu du soleil ou au clair de lune, des millions de roues tournent à toute vitesse, dévorent l'asphalte, dévalent les montagnes, laminent le sol, entament toujours plus la fragile écorce terrestre. L'homme n'en finit pas de créer de nouvelles manifestations les unes plus destructrices et polluantes que les autres comme ces courses autour du monde en solitaire sur terre, en mer ou dans les airs. Le Paris-Dakar qui déchiquète le sol aride de la vieille Afrique est à lui seul un symbole frappant de cette folie sans limites.

Il se redresse d'un bond dans son lit. Dans son rêve, le disque de métal en rotation se rapprochait inexorablement de sa joue collée sur la plaque de fer froid. De grosses gouttes de sueur perlaient sur son front et pourtant le froid lui brûlait la peau. Cette attente était intenable jusqu'au moment où la scie entamait sa chair: alors il commençait à sourire, juste avant de se réveiller.

Au-dessus de lui, le ventilateur brasse l'air d'un mouvement régulier et dans un bruit feutré de mécanique bien huilée. Contre le mur, le balancier de l'horloge ne semble pas contrarié dans son mouvement.

Il appuie un bouton et le lit se met en mouvement circulaire. D'un geste vif, il tourne le bouton de la télévision qui arrive à portée de sa main. L'idéologue du régime est en train de haranguer le peuple cathodique. Il ne parle que de la révolution, de la révolution et de rien d'autre, de cette rotation complète que chacun doit amener dans sa vie pour être en harmonie avec la pensée ambiante.

« Nous y voici encore une fois, pense-t-il. Toujours la courbe, jamais la ligne droite. »

Il a une pensée pour Ingres qu'il n'aime pas spécialement, mais qui a tout de même, il faut bien l'avouer, le génie de la ligne courbe.

« Si je suis un révolutionnaire, c'est que j'aime les lignes courbes » se dit-il en caressant le galbe d'une cuisse de statuette.

Il se roule une cigarette qu'il allume à la flamme de son briquet. Engoncé dans son fauteuil où il aime se lover, il se met à faire des ronds de fumée qui flottent dans l'air, au-dessus de sa tête.

« Je dois ressembler à un saint avec son nimbe sur la tête » se dit-il.

Alors que les anneaux de fumée disparaissent lentement, il se perd dans des pensées lascives de rondeurs fessières et de lourdes poitrines.

« J'aimerais ne plus faire cet horrible cauchemar! »

Ce disant, il triture la bague qu'il porte à son index et la tourne dans tous les sens.

Chaque fois qu'il se couche, après une journée pendant laquelle il a réussi à oublier les frayeurs de la nuit précédente, il se remet à s'angoisser à l'approche des ombres nocturnes. Pour tranquilliser son esprit, il a fait tailler dans le bois du volet, une petite ouverture circulaire qui projette les lumières du réverbère extérieur sur le mur de la chambre et lui donne calme et paix.

Parfois il a une pensée pour l'époque lointaine – Dieu merci! – où l'homme ne connaissait pas la roue. Il lui semble incroyable qu'on ait pu vivre sans cette invention qui lui semble aussi essentielle à la vie que la respiration au corps. Quelle délectation de vivre à une époque où tout tourne si agréablement!

Il a toujours cette lancinante horreur de la lame brillante de la guillotine, ligne droite entre toutes et qui régnait il y a peu encore sous la République. Si au moins on avait un système moins tranchant, plus contondant, un peu comme l'Espagne qui a su garder pendant longtemps le bon vieux garrot, avec sa constriction circulaire bien également appliquée!

Il voulait rêver à nouveau. Mais après cet horrible cauchemar, cela lui serait difficile. Il prit alors un cachet de forme circulaire, afin de donner de la rondeur à son rêve. Il appartenait à la catégorie des cercleux, les arrondisseurs d'angles pour qui le cercle est la figure idéale. Il lui fallait rêver circulaire ce soir, car la mauvaise soirée qu'il avait passée au casino restait ancrée dans son esprit. Pourtant, il avait adoré la boule de la roulette qui l'avait hypnotisé toute la soirée. Il n'avait d'yeux que pour elle et ne regardait même pas les chiffres sur laquelle elle s'arrêtait sauf si c'était – bien sûr – un zéro, un six, un huit ou un neuf. Il payait pour la voir tourner, rouler, graviter à une allure folle. Ses yeux avaient suivi ce tourbillon incessant pendant longtemps et il ne se souvenait de rien concernant la perte de sa fortune.

Il fit un rêve grandiose tout en rondeurs et en courbes. Il comprit que le concept de la roue est venu à l'homme par l'observation des astres. Pour sûr, la pleine lune est à l'origine de l'étincelle qui germa dans le cerveau de l'homme! Réveillé une première fois après avoir atteint un tel bonheur, il se replongea dans le sommeil et rêva une bien étrange histoire dans laquelle il avait le rôle du vilain. Il allait sur des montagnes russes, il passait soudain dans un entonnoir effrayant qui était trop étroit pour son corps, mais il s'en sortait grâce à la vitesse tourbillonnante dans laquelle il était pris et qui l'aspirait à travers le goulet réducteur pour se trouver projeté hors d'un cratère vers les lueurs d'une ampoule éblouissante que ne protégeait nul abat-jour. Après avoir repris pied et équilibre, il se trouvait dans un tripot où se pratiquait la roulette russe. C'était un endroit effarant où il détonnait complètement. Pourtant il s'approchait de la table où reposait l'arme. Autour de lui, les gens vociféraient. Il semblait ne pas les entendre, hypnotisé qu'il était par le canon arrondi du revolver. Ensuite, son souvenir était obscur. Avait-il pris l'arme dans sa main? Avait-il braqué l'arme sur quelqu'un? Pourquoi la police l'avait-elle embarqué? Aurait-il tiré? Serait-ce autre chose qu'un rêve?

Peu importe ce qui s'était vraiment passé: ce n'était qu'un rêve. L'horreur était soudain apparue sous la forme de la meule gigantesque en provenance de l'espace et qui avançait en direction de la terre en dardant ses dents acérées. Lentement, elle entamait l'écorce terrestre, dans un affreux bruit strident et se mettait à la sectionner, projetant des masses rocheuses aussi grosses que des montagnes dans toutes les directions, apothéose effrayante d'un spectacle navrant qui laissait s'écouler hors de la sphère béante le sang illuminé de la lave en furie qui tombait tout soudain dans le vide sidéral.

Ce cauchemar dantesque, il fallait en sortir. Ne pas assister au moment où les deux hémicycles terrestres seraient séparés par la rotation infernale! Il se voyait soudain projeté à l'avant-scène de son monde ludique, dans une posture difficile: il était encore le vilain et on l'avait jugé et condamné. Il avançait d'un pas ferme vers sa destinée, car il savait que sa mort programmée ne serait pas aussi effroyable que pour les autres. Il allait vivre la vraie révolution, l'accomplissement total de son désir le plus fou, le plus craint aussi: il allait passer par le centre du cercle magique, revenir à l'origine de tout. Il voulait pouvoir contempler le magnifique cercle illuminé de l'horloge du temps, écouter avec ravissement les arabesques musicales du sourd bourdon qui graduellement résonnerait de plus en plus faiblement dans sa conscience. Il imaginait le moment où on lui passerait autour du cou la corde fermée en cercle, un cercle parfait qui le fascinait et dont la ligne pure resterait imprégnée sur les pupilles de ses yeux jusque dans les derniers spasmes de son corps.

Dans Le Train

C'est au moment où je faisais coulisser la porte du compartiment que je le remarquai. Assis près de la fenêtre dans le sens du train, il serrait contre lui un paquet enveloppé dans un sac en plastique. Il serrait ce paquet avec tendresse, exactement comme on serre un enfant malade. Et sur son visage errait un air éloigné, absent.

Je fus obligé de m'asseoir en face de lui, car toutes les autres places du compartiment étaient occupées. J'enjambais donc deux paires de jambes pour accéder à ma place et, dans mon élan, mon pied toucha légèrement un pan de pantalon, juste assez pour me déséquilibrer. Dans ma gesticulation pour reprendre possession de mon équilibre, je vins buter contre la vitre et, ce faisant, frôlai l'homme au mystérieux paquet qui se blottit dans le coin de son siège, en me jetant un regard à la fois de frayeur et de reproche, un regard assez chargé de sens pour me faire oublier sur le coup la douleur qui me traversait maintenant le poignet.

Une dame s'enquit de mon état et, en la remerciant de ses bons soins, je ne pouvais m'empêcher de faire une grimace de douleur en me tenant le poignet. Elle se saisit alors d'une trousse qu'elle avait à portée de main et je compris que j'avais à faire à une infirmière et que j'en avais de la chance de tomber sur elle ainsi !

Je levai les yeux sur l'infirmière, belle jeune femme dont je découvrais soudain les attraits. J'en oubliai instantanément le bonhomme au paquet.

– Oui vraiment, j'en ai de la chance !

Deux yeux bleus d'une absolue limpidité se posèrent sur moi et, l'espace d'un instant, je me crus le centre du monde. Le hasard crée ainsi de telles surprises!

Mon poignet bandé, je remerciai vivement ma bienfaitrice et bientôt nous discutions de tout et de rien, mais moi toujours avec une idée directrice bien claire: en savoir le plus possible sur cette charmante inconnue de la manière la plus gentlemanesque possible.

– Et ainsi donc vous n'habitez plus chez vos parents?

Je progressais à grands pas, usant d'une hardiesse d'idées que seul ce concours de circonstances si particulier pouvait expliquer. Car jamais autrement je n'aurais osé! De plus, les occupants du compartiment participaient parfois à notre conversation d'une manière tout à fait naturelle, ce qui donnait encore plus d'honorabilité à mon entreprise.

Puis vint le soir. Les occupants se préparaient à casser la croûte et ce me fut un réel plaisir de voir ma bonne samaritaine s'occuper de mon boire et de mon manger d'une manière absolument charmante. Toute personne entrant à l'improviste dans notre compartiment aurait pensé voir le tableau touchant de mari et femme tant les gestes et les rapports entre nous deux étaient dénués de retenue. Empli d'une assurance grandissante, je m'imaginais partager la vie de cette personne et, du même coup, avoir des droits sur elle.

Je me berçais ainsi de douces illusions, les yeux mi-clos et ma main meurtrie doucement calfeutrée entre les deux siennes. Les gens avaient fini de manger et quelque odeur de saucisson mêlée à celle de la mandarine traînait dans le compartiment.

C'est alors que, les yeux toujours fermés, je sentis l'odeur de cigarette. Un voyageur assis près de la porte, venait de commencer à fumer. Et je ressentis seulement alors l'appel tyrannique de cette dépendance que m'avaient fait oublier jusqu'à maintenant les mains charmantes de mon infirmière.

J'entrepris de prendre mon paquet de cigarettes dans la poche extérieure de ma veste. Mais la torsion imposée à mon poignet me fit m'exclamer un Oh! de douleur qui n'échappa à personne. Mon bon ange fouilla dans ma poche et en extirpa un paquet de cigarettes et un briquet qu'elle posa sur la banquette près de moi, non sans lâcher:

– Ceci n'est pas bon pour votre santé!

– Mais c'est pourtant si agréable! ne pus-je m'empêcher de répliquer.

Nous étions maintenant deux personnes à envoyer nos volutes au-dessus des têtes des autres voyageurs. La fumée émanait des deux extrémités du compartiment et je dois dire bien égoïstement que pas une seconde je ne songeai à l'inconfort que cela pouvait causer aux autres voyageurs. De toute façon, nous étions bien dans un compartiment fumeur!

Ma bonne âme fronçait bien un peu le sourcil mais rien de plus. Je tenais la cigarette de ma main droite bandée. J'arrivais à la manier assez bien en dépit du handicap de mon poignet blessé, en tout cas mieux – me persuadais-je – que si j'avais essayé d'utiliser ma main gauche totalement inexperte pour ce délicat exercice. Je croyais même être arrivé à reproduire mes mouvements avec la même grâce que d'habitude, et peut-être même encore plus gracieusement car ils étaient empreints d'une lenteur calculée pour éviter toute douleur.

Je commençais à penser qu'il me faudrait à l'avenir essayer de recréer cette même nonchalance quasi-langoureuse avec le poignet à demi ployé et la cigarette pendante à la dernière extrémité des deux doigts, comme si elle menaçait à tout moment de tomber, quoique toujours l'objet d'une surveillance aiguë. Et d'attirer sur elle tous les regards, certains narquois, d'autres amusés, enfin d'autres anxieux, tous dans l'attente de l'irréparable, c'est-à-dire du moment où elle irait griller la cuisse de mon voisin.

Et moi inconscient de ce jeu de pensées, j'avais les yeux mi-clos, l'esprit à dorloter de délicieuses pensées romantiques.

C'est alors que se produisit un événement inévitable dans l'état d'esprit où je me trouvais. Quoique à moitié distrait, j'avais trop l'habitude de fumer pour me laisser surprendre par le feu du mégot. Mais j'avais relâché ma surveillance assez cependant pour ne pas éviter à la cendre qui s'était accumulée comme une dentelle grisâtre au bout du mégot de soudain rompre le fragile équilibre sur lequel elle reposait et de tomber sur le pantalon du voyageur qui me faisait face.

Ce dernier, mû comme si un serpent l'avait piqué, se dressa d'un bond en criant:

– Monsieur! Votre cendre!

Il se tenait debout en tremblant et sa silhouette m'apparut d'un coup démesurément grande. Ceci me dégrisa complètement et ce retour à la réalité s'accompagna pour moi d'une douleur au poignet qui avait heurté le genou de l'homme.

– Excusez-moi!

– Il ne s'agit pas de vous excuser auprès de moi, mais de respecter la cendre. La cendre, Monsieur, c'est sacré.

Les voyageurs qui allaient commencer à prendre leurs quartiers pour dormir dressèrent l'oreille dans l'attente inespérée d'un peu de distraction. Je ne savais plus que penser. Et l'autre qui continuait de plus belle:

– Savez-vous, Monsieur, que la cendre est la vie?

– Et bien, à franchement parler, je ne vois pas à quoi vous voulez faire allusion.

– Je fais allusion au fait que vous n'êtes que cendres, Monsieur, et que vous retournerez à la cendre.

Bien que ne pratiquant plus depuis longtemps, mes notions de religion étaient encore assez fournies pour ne pas ignorer cette allusion spirituelle.

– Vous essayez de me parler du Mercredi des Cendres?

– Mercredi des Cendres ou pas, il n'en reste pas moins que nous ne sommes tous que cendres.

Il y avait de l'évidence dans ce qu'il disait, je ne pouvais que le confirmer. Pourtant, je repris:

– Certes, mais je ne vois pas le rapport avec la situation qui nous concerne ici.

– Pourtant, le rapport me semble évident. Cette cendre que vous venez de négligemment laisser tomber sur moi, et bien je suis scandalisé de vous voir la traiter avec une telle désinvolture!

Je ne savais plus trop que penser si ce n'est que je nageais en plein délire surréaliste. Je jetai alors un regard sur lui et je vis dans ses yeux une détresse d'une telle intensité que je ne pus m'empêcher d'éprouver pour lui un sentiment de pitié. La tension dans le compartiment était à son comble, mais je refusais l'affrontement, un peu déboussolé par la manière dont les choses tournaient.

Après un moment assez pénible, le monsieur fumeur à l'autre bout du compartiment demanda à la ronde la permission de mettre la lumière en veilleuse. Tout le monde acquiesça. Les gens s'installaient pour la nuit, tiraient leur cape et prenaient leurs aises. Certains glissaient leurs pieds hors de leurs chaussures, de la manière la plus discrète possible, alors que d'autres calaient un petit coussin derrière leur nuque. D'autres enfin se couvraient d'une couverture de voyage qui les faisait disparaître presque entièrement.

Pendant toute cette agitation, mon vis-à-vis ne bougea guère. Finalement, il se dessaisit un court instant de son paquet qu'il posa religieusement sur la banquette alors qu'il se levait pour prendre un coussin dans le filet à bagages. Il se rassit enfin, s'emmitoufla dans son manteau de voyage et se saisit de son objet qu'il ramena contre sa poitrine dans un geste protecteur.

Une telle attitude ne pouvait que m'amener à m'interroger sur la nature de ce qu'il pouvait bien tenir ainsi en aussi haute estime. Et je me creusais la cervelle pour essayer de trouver un moyen d'arriver à débusquer ce secret.

L'occasion s'offrit d'elle même d'une manière aussi inopinée que déplaisante. Le train entrait alors dans un tunnel et comme de concert, la veilleuse se mit à trembloter faiblement avant de s'éteindre bientôt. L'émoi fut à son comble et les deux femmes poussèrent de petites exclamations de surprise mêlée d'une dose d'émoi calculé. Cependant le tunnel était long et soudain un cahot plus violent que les autres, et voilà les passagers qui tanguent tous de droite à gauche. Une exclamation dans le noir, un cri rauque, une étincelle d'angoisse:

– Mon paquet! Où est mon paquet?

Personne ne répondit à cette troublante question, mais je sentais mon vis-à-vis pris d'une agitation extrême car il explorait le sol entre lui et moi à la fois de ses pieds et de ses mains. Il s'excusa lorsqu'il réalisa qu'il était en train de manipuler ma jambe gauche et continua son exploration systématique sans grand succès.

– Puis-je vous aider Monsieur?

La belle infirmière venait de proposer ses services dans l'ombre.

– Non, merci. Je cherche seulement un objet qui est tombé de la banquette.

– Je crois qu'il a roulé par ici. J'ai senti quelque chose passer par-dessus mon pied.

L'homme tomba alors à quatre pattes et se mit à explorer le sol en avançant vers la porte du compartiment. Il n'entendait rien des commentaires désobligeants des autres passagers qui trouvaient un peu fort d'être ainsi dérangés et d'une manière si cavalière.

Mais lui n'écoutait rien. Il semblait en tout cas ne rien entendre et parlait à tout le monde en répétant:

– Ne bougez pas vos pieds! Surtout ne les bougez pas! Cet objet est des plus fragiles!

– Ne vous en faites pas! Je le tiens bloqué entre mon pied et la porte! dit le fumeur du coin opposé.

– Merci Monsieur! Merci!

Le train surgit du tunnel et la lumière du jour nous éblouit. Lorsque je pus à nouveau regarder, je vis ce spectacle pathétique du voyageur à genoux, qui serrait entre ses deux mains une urne dont le paquetage s'était défait dans la chute. L'homme se remit debout tant bien que mal et vint se rasseoir en tanguant dangereusement car il s'agrippait des deux mains à son objet, oublieux de l'équilibre précaire dans lequel il évoluait.

– Mais c'est une urne funéraire que vous tenez dans vos mains!

L'infirmière venait de parler et l'autre dame du compartiment se signa en s'exclamant:

– Oh mon Dieu, ayez pitié de nous!

En effet, l'urne était clairement identifiable et l'homme la ramena sur sa poitrine comme pour la soustraire à la vue des curieux.

– Oui, c'est exact. C'est bien une urne funéraire!

L'homme venait de pencher son front contre l'objet et se mit à se dandiner d'avant en arrière en marmonnant des phrases psalmodiées qui devaient être quelque incantation.

– Mais que faites-vous dans un train avec une urne funéraire? Et d'abord cette urne est-elle vide ou pleine?

Tous les yeux se braquèrent soudain sur l'homme qui releva légèrement la tête et qui, devant une telle concentration de regards, se sentit obligé de donner une réponse:

– Elle est… pleine.

La dame se signa à nouveau et poussa un petit cri d'effroi. Un léger malaise flotta dans le compartiment. L'homme se rapetissa dans son coin et finit par s'effondrer en balbutiant:

– Je tiens dans mes mains les cendres de mon fils. Il vient de décéder et son vœu était que ses cendres soient disséminées dans la mer. Aussi aujourd'hui est un grand jour pour moi, car je vais accomplir ses dernières volontés!

Il avait regagné une certaine confiance et il parlait maintenant avec clarté. Il nous regardait à tour de rôle et chacun de nous baissait les yeux devant le feu de la souffrance qui émanait de son visage.

Lorsqu'il me regarda, il fit une pause puis ajouta:

– Vous comprenez maintenant ce que représente la cendre pour moi!

Exotisme Culinaire

J'ai appris à aimer la cuisine quand les enfants ont commencé à grandir. En effet, il y avait des moments où cette pièce désertée en dehors des heures de repas offrait des possibilités intéressantes de repli dans une maisonnée bruyante et agitée par trois adorables petits démons. Même si les occupations qui s'offraient dans ce lieu étaient limitées, j'avais réussi à en tirer le maximum pour moi-même à certaines heures du soir notamment.

La cuisine était le seul endroit où personne ne traînait à la fin des repas dans la peur d'être embrigadé pour faire la vaisselle. C'est pour cela que je l'affectionnais et que j'aimais tant m'y réfugier, recherchant la tranquillité difficile à trouver dans la maison. J'avais pris le pli de me porter parfois volontaire – spécialement quand le repas finissait aux alentours de 19 heures – pour laver la vaisselle. Me barricadant alors derrière la porte que je fermais à clé, pendant que la famille se regroupait devant la boîte à images pour ingurgiter quelque série américaine insipide, je prenais possession de la cuisine afin de pouvoir, dans toute la quiétude du soir, écouter les nouvelles de France Inter, calculant ainsi que je pourrais faire l'économie des nouvelles télévisées de 20 heures qui, elles, duraient une bonne quarantaine de minutes alors que celles de la radio duraient deux fois moins. Je considérais en effet la passivité devant le tube cathodique pénible et l'écoute radiophonique me faisait à la fois gagner du temps tout en continuant à être actif et utile. Et je prenais un réel plaisir à récurer, à frotter, à gratter, à rincer, me donnant du cœur devant les casseroles les plus récalcitrantes en dégustant à petites gorgées un verre d'Armagnac posé sur le rebord du frigidaire.

Lorsque la machine à laver la vaisselle franchit les portes de la maison, moment que j'avais repoussé le plus longtemps possible, un certain déséquilibre a perturbé ma vie. Tout d'abord, la menace de devoir faire la vaisselle venait soudain de perdre toute sa force avec les enfants qui voyaient dans le nouvel exercice presque un amusement. Ensuite, je perdais ma motivation de plongeur car le corps à corps avec les objets de vaisselle avait pratiquement disparu – sauf pour quelques rares casseroles – et le temps de travail étant considérablement raccourci, il me fallait souvent rester à tourner en rond dans la cuisine, les bras ballants, à attendre la fin des nouvelles.

Pourtant si j'affectionnais les séances de vaisselle traditionnelle, je préférais encore les jours où, ceignant mon tablier blanc, je prenais possession de la cuisine pour y œuvrer en grand maître des affaires culinaires. Ceci était un véritable événement que je faisais commencer très tôt dans l'après-midi. Je choisissais les jours en fonction de ma disponibilité professionnelle: j'étais alors seul dans la maison grâce au miracle de mon horaire de professeur – Oh! le miracle sans cesse renouvelé de la profession d'enseignant que beaucoup disent envier! – et je délaissais mon ordinateur vers 15 heures pour inspecter l'état de propreté de la cuisine.

Maniaque de l'organisation, je me mettais alors à dérouler mentalement le fil des événements et commençais à aligner à partir du bord gauche de la table de cuisine – sans doute une habitude héritée de l'écriture qui commence aussi à la marge gauche – les ingrédients dans leur ordre d'apparition dans la recette. De plus, je faisais accompagner chaque ingrédient de l'ustensile ou du récipient correspondant. C'est à ce moment-là que je découvrais qu'il me manquait quelque chose qui avait disparu dans quelque gosier et je faisais un saut rapide jusqu'à la supérette voisine.

Vers 16 heures, je me mettais à faire la préparation du commis de cuisine: lavage, récurage, frottage, pelage, coupage, etc. Cela pouvait prendre pas mal de temps car j'avais inconsciemment adopté cette manie qu'ont les Chinois de miniaturiser presque tous les morceaux qui doivent franchir le seuil de la bouche.

C'était aussi l'heure où je me donnais du courage en me préparant un thé anglais que je faisais durer le plus longtemps possible en affublant la théière d'un « cosy » arrivé tout droit d'outre-Manche. J'évoluais sans aucune hâte, sachant que j'avais le temps et assuré que cette préparation avancée me garantissait une deuxième phase décontractée.

Calé entre l'évier et le mur, je m'occupais à ces tâches peu nobles que l'absence d'un commis faisait retomber sur moi. Mon esprit errait à l'abandon, bercé par la mélodie de la station de radio, toujours la même, celle de la musique classique que mes enfants prenaient tant de plaisir à parodier, criant à tue-tête les « tubes » des grands maîtres, en y mettant un cœur et un entrain délirants, et pourtant, je dois bien me l'avouer, nullement excessifs quand il s'agissait d'accompagner Beethoven ou Wagner. Mais lorsque la mélodie était plus légère, plus raffinée, moins bruyante, alors les jeunes se trouvaient désarçonnés, habitués qu'ils étaient à battre le rythme rap ou reggae, et c'est alors que je profitais pour leur inculquer un peu des douceurs de Debussy ou des subtilités de Mozart.

Ainsi bercé par ces douces mélodies, je passais insensiblement le cap des 5 heures de l'après-midi, remisant ma tasse de thé au fond de l'évier et prenant un certain plaisir à imaginer la lutte des goûts qui allait – avant 6 heures – se dérouler dans mon palais. Car, si j'aimais être dans la cuisine, ce n'était pas uniquement pour y ruminer des pensées de soleil couchant sur mer bleue mais également pour développer mes sensations gustatives. Lorsque le goût de thé commençait à se décanter de mes papilles sur la paroi intérieure de mes joues, au moment où la journée commençait à s'emboucher dans le début du soir, le moment de déboucher une bouteille de vin s'imposait à moi avec une telle force que je prenais automatiquement tire-bouchon et goulot et me mettais à l'ouvrage sans même déranger le flot de mes pensées, dans une sorte d'automatisme bien huilé et dans une coordination de gestes parfaits, jusqu'au « pop » du bouchon libéré qui faisait toujours dresser l'oreille – mais très légèrement – du chien allongé de tout son long sur les dalles.

Un verre de sherry à la main, histoire d'attendre que le vin ait atteint son point optimal de dégustation, je voyais la vie couleur ambre. J'avais pris l'habitude de suspendre la recette choisie et plastifiée par mes soins contre une structure métallique au-dessus de l'évier à l'aide d'un gros aimant. Ainsi j'évoluais sans jamais déchirer, tacher, égarer ou faire tomber la recette qui restait l'objectif principal de toutes mes évolutions.

Parfois même, dans les moments d'angoisse existentielle, désireux de repousser la limite du temps qui passe, je m'évertuais à mémoriser quelques bribes de vocabulaire allemand, ma bête noire, livre ouvert sur le frigidaire, livre que je venais consulter toutes les 2 minutes, histoire de voir si je me souvenais bien du mot précédemment révisé. Ah! La frustration de ces listes de mots interminables que j'essayais de faire entrer dans ma caboche à coups de marteau, essayant diverses méthodes, entremêlant ces efforts dont le succès d'une part dépendait en grande partie de l'appoint de musique classique – supposée aider à la mémorisation – mais qui d'autre part était mis à mal par l'attention que je devais porter à la recette qui, à partir d'un certain moment, ne supportait plus d'être délaissée ou même reléguée au second rang. Par des ruses de sioux, j'arrivais ainsi à faire entrer dans ma tête des mots extrêmement longs et compliqués pour désigner des choses qui m'apparaissaient étonnamment simples en français. Ainsi qui aurait jamais deviné qu'un mot tel que « ausgezeichnet » flanqué d'un double préfixe et d'une terminaison de participe passé puisse tout simplement signifier une chose aussi simple que... Ah! Qu'était-ce donc encore? Bref: je m'évertuais à inventer des stratégies mnémotechniques élaborées pour censément simplifier la complexité de ces mots qui me semblaient bien barbares. Le sherry avait alors un effet surprenant car l'orthographe germanique perdait lentement de son aspérité et certains mots arrivaient à se faufiler jusqu'à la mousse de mon cerveau où ils trouvaient – en ces circonstances bien spéciales – un terrain fertile.

Les verres de sherry m'aidaient donc à passer les caps difficiles d'apprentissage terminologique en même temps qu'à supporter la laideur de la vie entre 6 et 7 heures. Et alors que les ombres du soir se faisaient plus pressantes, je me mettais à découvrir des clartés dans mon bouge. Me démultipliant autant que possible entre la recette à cuisiner, la musique à écouter, l'allemand à mémoriser et mon verre à honorer, je me faisais l'impression d'un petit caporal capable de maîtriser plusieurs sujets à la fois et de plus excellant dans chacun d'eux.

D'ailleurs, le moment approchait où il faudrait humer la bouteille de vin destinée à accompagner le plat principal. Une fois cette douce opération accomplie, je me devrais de goûter le nouveau débouché, mais oh non! jamais en mélangeant le sherry au vin, cela était sacrilège et mon éducation de Gascon ne me laisserait jamais commettre un tel forfait! Alors je me mettais à siroter mon reste de sherry à petites gorgées, me délectant de ces dernières gouttes dorées avant d'entrer dans l'avenue royale des crus bordelais.

Et alors seulement approché-je mon nez de la vénérable bouteille, essayant de retrouver un peu mes esprits embrumés.

Sans être un as, je possédais quelques notions d'œnologie apprises dans la cave paternelle: la vue – pardon, la robe! – d'une bouteille et l'odeur – que dis-je, le fumet! – d'un bouchon déclenchaient en moi certains mécanismes primitifs. J'arrivais aussi à différencier un bordeaux d'un bourgogne et c'est religieusement que je portais à mes lèvres rincées d'eau le verre de vin que je humais, dévisageais, sirotais, yeux mi-clos, emporté par une mélodie de Bizet, derdiedasant dans ma tête des séries de mots allemands, enivré par tant d'activités simultanées et grisantes.

Ce moment correspondait à l'approche des 6 heures 30. Une fois les premières gouttes de vin versées – les quelques gouttes destinées à tester la qualité de la bouteille – , le cours des choses semblait s'accélérer. L'œil sur l'horloge, l'esprit sur le palais asséché par l'âpreté du vin et sans cesse rafraîchi par de petites rasades bien dosées, je m'activais et les senteurs de nourriture cuisinée commençaient à envelopper mon univers clos et à me chatouiller les narines.

C'était aussi le moment des petits drames, une friture cramée car trop longtemps délaissée ou bien l'odeur plus renversante de viande brûlée, la mienne, lorsque mes mains imprudentes s'agitaient autour du four sans prendre les précautions élémentaires. Enfin, c'était la tragédie – rare il faut l'avouer – où le gros couteau à pain dérapait de la miche ronde et venait sectionner le bout du doigt d'où jaillissait aussitôt le flot sanguin que je canalisais sur la vinaigrette de la salade où il tombait goutte à goutte, teintant l'assaisonnement d'un rouge riche, un peu plus sombre que la teinte normalement attendue, mais enrichissant le goût d'une manière surprenante.

Parfois, la radio annonçait une nouvelle choquante qui rompait le charmant équilibre de mon activité et me faisait m'arrêter dans mon effort: c'est ainsi que j'ai appris que nous, les humains, pensions au sexe toutes les quatre minutes, paroles rapportées de la bouche de Woody Allen lui-même et qu'il n'était pas question de mettre en doute. Pour aussi surprenante que soit cette nouvelle, elle est pourtant assez banale comparée à cette autre qui m'est tombée dessus tout à fait à l'improviste, probablement alors que je faisais sauter quelque steak dans la poêle: plusieurs invités essayaient de résoudre l'angoissante question suivante: pourquoi les hommes trompent-ils si souvent leur femme? Et la réponse fut donnée par une dame qui avait probablement mûrement réfléchi à la question car, pour elle, ce phénomène était dû au fait que les hommes ont peur de la mort et que la séduction d'une nouvelle femme leur donnait l'impression d'être toujours jeune et d'avoir ainsi prise sur le temps.

Ceci me semblait vraiment correspondre à une certaine réalité. C'est donc au fond d'une poêle que je découvrais la solution aux énigmes de la vie.

WAGRAM

La gare de Zurich était assez calme. Nous étions assis à une buvette en train de prendre une chope de bière. Il restait encore quarante minutes avant notre correspondance! Mon beau-père appréciait chaque gorgée de cette bière allemande si différente des breuvages auxquels il était habitué outre-Atlantique.

Il souriait de toutes ses dents et je m'apprêtais à lui en commander une autre dans mon mauvais allemand, mais Laura qui veillait au grain m'a fait comprendre que boire trop de bière avant de monter dans la couchette n'était peut-être pas la meilleure méthode pour passer une nuit tranquille. D'autant que son père avait l'estomac fragile!

C'est vrai, chaque fois que ce dernier vient en Europe, il lui arrive tôt ou tard des ennuis gastriques. Une fois, en pleine messe, je l'ai vu se prosterner dans une attitude inhabituelle pour lui, se laisser tomber à genoux comme pris d'un soudain accès de ferveur religieuse, les mains croisées sur son ventre, le visage contorsionné comme en pleine extase mystique! Il s'est soudain extrait de son prie-Dieu, s'est précipité hors de l'église et a réussi à se sortir seul avec honneur d'une situation bien périlleuse. Lui qui ne parle pas un mot de français! J'ignore encore comment il a réussi à se faire comprendre. Nécessité faisant loi, de véritables miracles peuvent se produire.

Donc, en ce qui concerne la bière, Laura a bien évidemment raison et son père obtempère sans la moindre hésitation. De toute façon, c'est un homme qui évite l'excès en tout et qui se satisfait d'un bock de bière et de cette écume si alléchante!

Je n'ai jamais réussi à appeler mes beaux-parents par leur prénom. Assurément un reste de convention européenne de ma part qui, même pendant mes années d'Amérique, m'a toujours fait garder le sens des convenances que certains jugeront sans doute démodé. Mais dire Dale et Patricia à M. et Mme French (et oui, c'est bien là leur nom!) ne m'a jamais été possible. Pourtant Dale m'a encouragé plusieurs fois à le faire. Mais jamais Madame French chez qui je sens une position plus traditionnelle et en fait plus proche de la mienne. Dire Dale à l'un et Madame French à l'autre serait complètement bancal. Aussi, j'en suis resté à M. et Mme French, ce qui m'a permis de ne jamais faire d'impair.

Nous avançons sur le quai pour trouver notre voiture. Que nous réserve ce voyage décidé à la dernière minute? Comme à chaque séjour des parents de Laura en Europe, nous encourageons ceux-ci à découvrir un nouveau pays. Ils ont choisi l'Autriche et Vienne cette fois-ci. Ils devaient partir avec Laura et me laisser à la maison avec les enfants. Je ne sais comment, je me suis soudainement vu embrigadé pour faire également partie du voyage.

Alors que le train longe maintenant la rive du lac de Zurich, la nuit tombe déjà et les demeures cossues défilent sous nos yeux. Nous nous éloignons en direction de l'est, du rideau de fer, et cette proximité toute relative n'est pas sans faire passer un frisson sur l'échine de mes compagnons yankees. Au lever, nous voyons les magnifiques montagnes du Tyrol s'éloigner de nous dans les premières lueurs de l'aube. Magnifique région qui rappelle un peu les Alpes Vaudoises!

De ce voyage, je me souviens de restaurants tziganes, de palais majestueux, de valses viennoises et de beaucoup de vin blanc. En d'autres mots, un voyage vraiment touristique. En fait, je m'en souviendrais encore à peine si ce n'était pour l'incident mémorable qui nous est arrivé le dernier jour. Nous errions dans Vienne, un peu tristes de devoir quitter cette magnifique ville. Comme chaque Français en voyage, je me guidais au seul radar du guide Michelin vert qui ne me quittait jamais. Nous devions attendre notre train pendant plusieurs heures et alors que je feuilletais les pages historiques du guide Michelin en quête de quelque site à visiter dans la capitale, je tombe soudain sur la mention de Wagram, la célèbre bataille de Napoléon. Fervent admirateur de l'épopée napoléonienne, je lis avec avidité le maigre entrefilet qui mentionne une certaine proximité entre le lieu de bataille et la capitale autrichienne. Mon sang ne fait qu'un tour. Je décide d'aller en pèlerinage sur le lieu même de la bataille! J'informe mes trois Américains de ma décision. Qui m'aime me suive! Après un court conciliabule, ils choisissent de m'accompagner, un peu surpris par ce développement inattendu du voyage, et sans doute curieux de voir la suite des événements.

A la gare, l'employé nous délivre des billets pour Wagram sans la moindre hésitation et nous voilà donc partis en train à travers la campagne autrichienne. Le trajet n'est pas trop long, une petite heure environ et voici le lieu historique! Une rue principale jalonnée de maisons, mais pas âme qui vive. Il est dimanche sur le coup de midi. Comment s'orienter? Je me décide à frapper à la porte d'une maison qui jouxte une église. On m'ouvre, on écoute mon mauvais allemand, on se gratte le menton en signe d'embarras. Enfin, on m'explique avec force gestes et quelques mots d'anglais que nous sommes à Wagram an der Donau et qu'il n'y a jamais eu de bataille ici.

Pas de bataille! Je ne comprends pas. Je cite mes sources, mes dates, j'étale mon érudition en anglais. Mes interlocuteurs se concertent, s'agitent, et finalement m'indiquent une direction. Après moult frustrations, je comprends vaguement qu'il y a eu confusion entre Wagram an der Donau et Deutsch-Wagram. Nous sommes au mauvais endroit. Il faut aller à Deutsch-Wagram! Retour en stop sur la capitale avec ma belle-mère qui n'a jamais fait de stop de sa vie! Elle se cache derrière nous, elle s'enfile en vitesse à l'arrière de la voiture, elle ne dit mot mais étouffe avec peine un fou rire qui vient de la prendre avec Laura. Le chauffeur est un peu perplexe. je l'occupe et lui parle de Napoléon, de batailles, de Wagram! Il semble ne pas comprendre ce que je lui explique. Je commence à avoir la vague impression que Wagram ne figure pas sur les livres d'histoire autrichienne.

A Vienne, autre gare, autre train, autre direction. Par chance, nous sommes assis avec un Autrichien qui parle français, qui a entendu parler de Wagram, qui nous donne même des renseignements sur l'emplacement du village! C'est le premier Autrichien éclairé que nous rencontrons. Mais, dès l'arrivée à la gare de Deutsch-Wagram, c'est le même mur d'incompréhension. Le chef de gare ne comprend rien. Le chauffeur de taxi qui ne pipe mot réagit tout de même à la mention de Napoléon et nous voilà partis dans la campagne verte. Après quelques kilomètres, il s'arrête brusquement et nous indique en retrait de la route un petit monument. Je me fais photographier par mon beau-père, seul, la main au gibet dans la posture immortalisée par le grand homme près de ce qui est en fait une colonne guère plus grande que moi. Voilà tout l'héritage que l'on peut trouver de cette bataille!

A mon retour en Suisse, mû par le double sentiment de frustration vis-à-vis de la faible prestation du guide Michelin et du manque de coopération des Autrichiens, j'ai pris ma plume et envoyé à la direction du guide Michelin la missive suivante:

"Au cours de mon récent voyage à Vienne en Autriche, pour la première fois, un de vos guides ne m'a pas donné satisfaction. De Vienne, j'ai voulu me rendre sur le champ de bataille de Wagram. Or, à l'exception d'une mention – normale – dans l'exposé historique du début du livre, il n'y

a, dans le guide, aucune trace de Wagram ni surtout aucune entrée spécifique sous ce nom.

Pourquoi inclure Wagram dans le guide, penserez-vous ? J'ai pu observer dans les guides Michelin le souci de lister à leur place alphabétique les lieux historiques importants: de l'article copieux (avec plan) sur Waterloo (une défaite!) à la mention rapide de Marignan, il y a place pour une explication précise sur Wagram. De toute façon, mon raisonnement ne s'étaye pas sur des développements liés d'une part à la place minime qu'occupe l'Histoire dans notre société moderne et d'autre part au besoin de l'inclure pour la préserver dans notre conscience collective. Je veux simplement rester pratique en pensant tout simplement aux touristes français de passage à Vienne qui éprouvent le légitime désir de revoir ce qui fut une des plus grandes pages de l'épopée du 1er Empire et qui en seront peut-être privés par un manque de détails de votre part. Remédier à cet état de choses éviterait plus d'un déboire aux mordus du Petit Caporal car, et j'ai pu l'éprouver moi-même, le chemin de la bataille du 6 juillet 1809 est jonché d'obstacles: d'abord, le Viennois prête une oreille sourde ou à tout le moins réticente à qui lui demande le chemin de Wagram. Ignorance ou silence calculé, sans en être sûr, je pencherai pour la deuxième solution. Ensuite, Wagram est un nom assez répandu dans la région viennoise et il est très facile d'arriver, comme moi, à Wagram an der Donau qui se trouve à quelque vingt kilomètres du vrai lieu de bataille, Deutsch-Wagram. L'ennui est que ces deux endroits ne sont accessibles par transport public que de Vienne. Enfin, une fois à Deutsch-Wagram, aucun service de taxi n'existant et l'homme de la rue de cette bourgade ne semblant pas plus éclairé sur l'événement historique local que son compatriote de Vienne, il ne faut plus compter que sur sa bonne étoile pour espérer découvrir, à l'orée d'un bois situé à environ trois kilomètres de la ville, un petit monument de près d'un mètre 80, bloc de granit sur lequel est inscrite en allemand et en français la phrase suivante:

Ici, Napoléon avait établi son quartier général le 6 juillet 1809

Inscription aussi désolante par son ton neutre que par son laconisme déconcertant!

A chaque nation le privilège d'occulter ses tabous. J'ai senti à Vienne la force toujours puissante des légendes noires et c'est à chacun d'y réagir personnellement. Ce que je voudrais réaliser, par cette lettre, c'est d'éviter à mes compatriotes l'expérience pénible de l'exploration à tâtons d'une chose que l'on croyait, jusqu'alors, aussi lumineuse que la clarté du soleil.

Aussi, je voudrais terminer en suggérant les mesures suivantes:

1. *entrée spécifique de Wagram(Deutsch-) dans l'index alphabétique se rapportant à la rubrique des excursions autour de Vienne.*
2. *clarification du nom exact et de l'endroit de Deutsch-Wagram ainsi que du moyen de transport au départ de Vienne pour y accéder (train chaque demi-heure de Wien-Mitte Bahnhof)*
3. *plan de Deutsch-Wagram indiquant, à partir de la gare, la route à suivre pour atteindre le monument.*

Ce faisant, je pense me faire l'écho d'autres personnes qui ont déjà fait ou risquent de faire face au même problème que moi. Je vous serais gré de me faire savoir les décisions que vous prendrez après connaissance de ma lettre. »

Le temps a passé. Ma rage a perdu un peu de son acuité avec les années. Pourtant, 10 ans plus tard, en feuilletant les cartes rouges Michelin dans un magasin, alors que je pensais à planifier mes vacances d'été, le souvenir de Wagram m'est revenu en tête. Est-ce que, par hasard, le guide aurait été amendé selon mes vues? La bataille de Wagram figurerait-elle en bonne et due place de l'ouvrage?

J'avais certes reçu une réponse de la direction de Michelin à ma lettre: il m'était dit que le sujet soulevé par mon expérience serait « réexaminé pour une édition ultérieure, car une nouvelle édition du Guide Autriche venait juste de paraître au moment de mes mésaventures ». Je m'approche donc du livre vert marqué Autriche. Depuis 10 ans, j'espère quand même qu'ils auront refait une autre édition. Je prends le livre, le caresse, n'ose l'ouvrir. Le souffle me manque. Est-ce si important après tout? Et même si rien n'a été fait? Et bien quoi? Hein? Ma conscience me tarabuste.

Je fais sauter le fin plastique qui protège le livre. Oui, c'est bien une édition récente. Mon cœur accélère alors que je tourne les pages. Voyons un peu. Rien! Pas de Wagram! Rien n'a donc été fait! Ma lettre n'a servi à rien! Et la promesse de réexaminer le problème dans une édition ultérieure n'était probablement qu'une manière polie d'écarter un quidam embarrassant.

Singulière France qui as toujours navigué parmi des sentiments de la plus grande ambiguïté au sujet de ta langue, de ton passé, de ton histoire avec ses pages glorieuses et ses cuisants revers! Je sens la même chape de plomb qui bétonne la réalité historique en Autriche prendre corps aussi en France. Mais si du moins on peut comprendre que les Autrichiens occultent une de leurs plus cuisantes défaites, que penser des Français qui, eux, taisent une de leurs plus brillantes victoires?

LE SATELLITE

C'est le rêve de tout parent de créer, dans l'intimité du foyer, une atmosphère calme et agréable. Cela nécessite un effort constant d'organisation et un bon choix d'options propres à délasser les jeunes prompts à contester toute autorité surtout lorsqu'ils sont pris dans le tourbillon de leur crise d'adolescents.

Une de ces options à laquelle je tenais beaucoup est que, pendant les repas, moments traditionnels de rencontre mais dont le caractère inviolable commence à être remis en cause à l'adolescence, je mets de la musique de fond pour adoucir les esprits. Le repas est souvent le moment des taquineries et des petites disputes gratuites. Je choisis donc des morceaux de musique classique. Ainsi les enfants apprennent indirectement à apprécier Beethoven, Mozart, Chopin. Au départ, les deux garçons tenaient en petite estime tous ces tubes d'un autre âge et pour eux d'une autre planète. Pourtant, le grain commence à porter ses fruits. N'ai-je pas l'autre jour entendu Gabriel chantonner la 5e symphonie de Beethoven alors qu'il feuilletait un magazine de planche à neige? Il est en train d'apprendre à passer de la musique à fond à la musique de fond.

Tout autre est le problème de la télévision. Le sujet est des plus délicats et toute la question est de savoir si la télévision est bénéfique ou nocive à la vie familiale. Mon père était farouchement opposé à la télévision. Mais lorsqu'il a finalement cédé à la pression familiale, c'était à une époque où il savait que l'engin délétère ne pourrait plus faire de graves dommages à sa progéniture. En effet, j'avais déjà plus de 15 ans lorsque la boîte à images est venue trôner dans le salon familial.

Plus tard, au moment de mon mariage, j'ai eu quelques divergences d'opinion avec ma femme sur le bien-fondé d'avoir la télévision à la maison. Laura, gavée dès son plus jeune âge à la mamelle cathodique des chaînes américaines et conditionnée par le bombardement intense de la publicité d'outre-atlantique, avait miraculeusement réussi à réagir contre cette drogue douce en adoptant une attitude de rejet complet.

Moi au contraire, sevré pendant si longtemps de ce petit lait visuel, je voulais m'y accrocher et rattraper le temps perdu de mon adolescence. Issu de la génération de l'après-guerre et rejeton d'un père violemment hostile à certaines formes du « progrès », je n'ai pu en « profiter » que sur le tard.

Pourtant, une fois devenu père, j'ai commencé à mon tour à m'inquiéter de l'effet qu'une abondance d'images pouvait avoir sur les petits. En période de vacances, cela pouvait avoir un effet positif dans la mesure où le gardiennage des enfants s'opérait automatiquement en tournant le bouton du poste. Mais c'est surtout en période scolaire que le phénomène posait problème, notamment avec l'apparition des devoirs et des leçons qui étaient bâclés, expédiés voire complètement délaissés au profit de la boîte à images. Et les petits passaient parfois de longues séances prostrés comme de vraies « couch potatoes ».

Pour moi, l'éducation est une des valeurs suprêmes sur laquelle je ne transige pas. La famille était dans une véritable impasse et les sujets de dispute entre enfants d'une part (quelle chaîne regarder?), entre parents d'autre part (quand regarder la télévision?), me faisaient commencer à envisager l'hypothèse de me débarrasser pour de bon de la télé, « le temps que les enfants finissent leurs études » disais-je à Laura pour bien faire comprendre que cela ne serait qu'une mesure... temporaire.

La guerre larvée que je menais pour imposer une certaine rigueur chronologique dans l'ordonnance de nos soirées en famille se terminait toujours par des chamailleries sans fin. Contre un monstre pareil, il n'y avait qu'une solution: lui clouer le bec!

C'est ce que je fis. Un jour, je pris le poste sous le bras et le chargeai dans la voiture. Puis, trois jours plus tard, je le ramenai pour le réinstaller à sa place. Dans le panneau arrière, une serrure flambant neuf avait tout de suite attiré l'attention de Nicolas.

– Papa, c'est quoi, ça?

Pauvre petit malheureux qui ne te doutais pas que « ça » était l'instrument de libération de ton esprit.

– C'est une serrure.

– C'est pour quoi faire?

– C'est pour fermer la télévision à clé.

Son visage respirait alors l'incompréhension la plus totale car visiblement jamais il n'avait même pensé qu'on pût envisager une telle chose.

– Mais pourquoi?

– Pour te permettre de te reposer de la télévision.

L'incompréhension devenait maintenant de l'incrédulité. Papa plaisantait, c'est sûr! Ah la la! Tout de même, essayer de me faire croire cela! Quel blagueur ce papa!

Je n'en ajoutai pas davantage pour le moment. Mais le lundi soir suivant, lorsqu'il appuya sur le bouton du poste, Nicolas fut interloqué de voir que rien ne se passait et que l'écran demeurait désespérément noir.

– Maman, la télévision est cassée. Elle marche plus.

Il ne fallut que quelques rapides explications pour faire comprendre la catastrophe qui venait d'arriver. Quoi! Fermer la télévision à clé pour empêcher de la regarder!

Moi-même un peu grisé par la puissance de la clé en ma possession, je décidai, en accord avec Laura, de verrouiller le poste de télévision les veilles de jours d'école. Finies les menaces de représailles, finie la frustration, fini le sentiment d'impuissance devant la force magique de l'écran. Par une simple petite phrase en 6 petits mots: « quand tu auras fini tes devoirs », il était maintenant possible de se faire écouter et comprendre des enfants.

Bien sûr, pendant quelques jours, ce fut la guerre: les ronchonnements allaient bon train. Cependant, quelques règles furent clairement établies: Pendant les vacances scolaires et occasionnellement le week-end, la télévision reprenait droit de cité dans la famille. Simplement, les soirs de semaine, devoirs et leçons devaient être dûment terminés avant d'espérer pouvoir allumer le bouton. Cette dose de bonté a été acceptée avec peu d'entrain tout d'abord, mais peu à peu, un nouveau rythme de croisière s'est développé, ce qui a permis à toute la famille de trouver un deuxième souffle.

Monstre éhonté! bourreau d'enfants! Saturne vivant! phénomène anachronique! et combien d'autres expressions du même genre ont ponctué et salué la mise en application de cette méthode vraiment trop insupportable à quantité de mes collègues et amis avec qui j'abordais le sujet! Je n'en démordais pourtant pas, bien parti sur ma lancée et peu préoccupé du qu'en dira-t-on. D'ailleurs, les enfants ne paraissaient-ils pas déjà plus épanouis, les notes ne s'en ressentaient-elles pas positivement? Je sais assez les effets pervers du laxisme ambiant. Même si je le subis pour certaines choses, jamais je ne me le permettrai dans le domaine éducatif!

Ainsi, nous passions parfois plusieurs jours avant d'entendre à nouveau le tube cathodique. Pendant ces périodes de silence, nous vivions dans le calme, sans conflit. On oubliait presque l'objet de toutes les frustrations passées! Les enfants redécouvraient des plaisirs simples et sains, comme la lecture ou les jeux de société.

Cependant, durant la période hivernale, c'est moi qui devais souffrir le plus de cette situation. En effet, les matches du tournoi de rugby des 5 nations que je n'aurais manqué sous aucun prétexte s'étalaient de janvier à mars. Les retransmissions en Eurovision me garantissaient mes 4 rendez-vous annuels incontournables du samedi après-midi. Ces jours-là, je ne pouvais m'empêcher d'allumer le poste à 15 heures. Heureusement, j'étais souvent seul dans la maison à ce moment-là: regarder la télé ne venait même pas à l'esprit de mes enfants qui préféraient faire des batailles de neige autour de la maison. C'est alors que, intoxiqué par ma drogue rugbystique, j'investissais le salon, parfois avec « des copains qui s'y connaissaient », comme Larry, rugbymane invétéré, et qui venaient siroter leur canette de bière chez moi.

Je ne supporte pas les amateurs de rugby qui applaudissent à tout rompre pour une phase de jeu banale, les girouettes qui changent de camp selon le score, les blanchisseurs d'arbitres même devant les injustices les plus criardes. Je m'ennuie en leur compagnie, ils me font perdre le goût et l'intérêt de ce sport qui ne se vit que dans une ambiance survoltée, passionnée et impitoyablement partisane. Le rugby, c'est vrai, c'est la guerre sur le terrain, c'est le poids des corps et le choc des mêlées. Regarder un match de rugby avec un Suisse, c'est aussi intéressant que jouer à la pelote basque avec un manchot. Il n'y rien de commun entre eux. D'ailleurs mon ami Ernest a toujours poliment décliné de regarder les matches avec moi. Sans doute qu'il se méfie au fond de mon tempérament méridional qui ressort très fortement à l'occasion. Aussi, c'est souvent avec des anglophones ou parfois même avec des Gascons que je sirote ma bière le samedi après-midi. Laura ferme la porte du salon d'une manière résignée car elle n'a pas plus d'intérêt pour ce sport que je n'en ai pour le baseball.

Le miracle de l'Eurovision, par l'entremise du rugby, me permettait de m'évader de mon petit réduit helvétique en me promenant de par les capitales rugbystiques européennes. De plus en plus, la télévision ouvrait l'esprit sur d'autres pays et d'autres cultures. Né près d'une frontière, je suis toujours resté curieux de ce qui se passe de l'autre côté, avide de nouveauté. Et voilà que soudain, la télévision à l'ère des télécommunications ouvrait à mes yeux ébahis et à mon esprit engourdi des horizons insoupçonnés. Après avoir entendu parler du câble qui amenait à l'intérieur des foyers quelques chaînes exotiques de pays étrangers par la magie de la technologie, voilà que les media se branchaient de plus en plus sur les satellites de communication et les antennes paraboliques. Celles-ci commençaient à fleurir sur les balcons et soudain, dans les années 90, ce fut l'explosion, la floraison incontrôlée. Tout le monde s'offrait le luxe d'une petite parabole, histoire de compléter son bouquet de chaînes traditionnelles d'un autre bouquet de chaînes plus exotiques.

Le choix était d'ailleurs intéressant avec la quinzaine de satellites qui gravitaient au-dessus de nos têtes et qui nous inondaient de leurs images. Le papa d'Aline, une copine d'Élise, s'est branché sur Turksat. Comme il est Turc, il peut se croire dans son Anatolie natale dès qu'il rentre chez lui. Il glisse les pieds sous la table et se trouve plongé dans un monde fait de babouches, de voiles noirs, et de croissants fertiles. Dès 19 heures, il n'est plus en Suisse, il est chez lui, dans son pays, et peut combattre ainsi la nostalgie qui gagne tous ces immigrants loin de leurs bases, isolés, déracinés, discriminés, mais soudain ragaillardis par le spectacle qu'ils ne sont pas seuls, qu'ils ont un peuple entier derrière eux, une tradition aussi longue, aussi forte, aussi belle que celle de la Suisse où ils ne résident très souvent que par simple nécessité économique.

Les étrangers sont bien sûrs les meilleurs clients des magasins de gadgets électroniques car ils ont besoin de tout un équipement spécial pour attraper chacun son satellite spécifique. Les Turcs se branchent sur Turksat, les Anglais sur Hot Bird, les Allemands sur Astra, les Français sur Télécom, les Espagnols sur Hispasat, et ainsi de suite. Chacun y trouve quelque chose à son goût.

Depuis quelque temps, l'idée me trotte d'acquérir aussi une antenne parabolique. Avoir le monde dans son salon peut certes être bénéfique. Pouvoir choisir une chaîne de télévision comme on prend un livre d'un rayon de bibliothèque a de quoi faire rêver. Dans cette immensité de choix, il y a sûrement du bon. Et puis n'oublions pas l'aspect éducatif, surtout linguistique. Apprendre l'anglais ou l'allemand sans effort! Je rêve à un système de verrouillage des chaînes selon la langue d'émission pour forcer les enfants à écouter telle ou telle langue. Mais je ne fais que jouer avec cette idée sans vraiment me convaincre de son bien-fondé. Comme les enfants ont grandi, accepteraient-ils encore pareille censure?

Et puis un jour, un signe du ciel. C'est mon ami tamoul, Keeyo, qui m'appelle. Depuis qu'il est marié et papa, la vie l'accapare et je ne le vois plus beaucoup. Il vient toutefois me rendre visite à intervalles irréguliers pour de courts entretiens professionnels: il sollicite mes talents d'écrivain public que je suis resté pour lui afin de démêler des histoires de loyer, d'assurances, de tracasseries administratives. Il vient à moi pour l'oreille attentive que je prête lorsqu'il s'ouvre de ses problèmes, pour les démarches que j'entreprends pour lui auprès de services officiels et d'employeurs potentiels.

Mais quoi? Comment Keeyo? Tu veux m'offrir un cadeau? Pourquoi? Parce que je t'ai aidé pendant toutes ces années? Mais non, tu plaisantes, il n'en est pas question. Quoi?

Une antenne parabolique? Comment sais-tu que j'aimerais en avoir une? Quoi? Parce que je te l'ai dit?

Je suis vraiment surpris par cette offre spontanée qui me touche profondément. Je sais qu'il connaît bien le monde de l'électronique et, finalement, je me remets à son jugement pour le choix du matériel. Cependant, intrigué, je passe dans quelques magasins pour étudier un peu le phénomène de la télévision par satellite. Sur quel satellite me brancher? Je ne suis pas Turc, et même si j'étais prêt à me brancher sur Hispasat à cause de mon hispanophilie, la famille ne comprendrait pas ce choix égoïste. Les enfants qui ont déjà eu vent de cette affaire font pression pour Télécom, afin de capter toutes les chaînes francophones. Or, ma vision est à l'opposé de cette conception unilingue et forcément réductrice. C'est la diversité et la complexité humaine que je cherche à explorer et il me faut au contraire le maximum de chaînes du plus grand nombre possible de pays différents.

Laura qui n'en revient pas de ma volte-face fait de discrètes suggestions pour attraper – c'est bien normal – des chaînes américaines, mais je ne m'en fais pas pour cela, car les Américains, avec leur sens poussé de la mercatique, se sont implantés sur un maximum de satellites et on est presque garanti de les trouver à chaque angle du ciel.

Mon dilemme est grand et je préviens Keeyo de ne rien acheter encore car je dois décider moi-même du satellite que je veux. La solution m'apparaît enfin après mûre réflexion: il me faut capter tous les satellites disponibles et donc acquérir une antenne mécanisée avec un moteur pivotant. Le prix est sensiblement plus cher que ce que Keeyo veut m'offrir, mais je me décide à payer la différence de ma poche. Ainsi, je satisfais les goûts de tout le monde. Chacun aura son satellite! chacun pourra se sustenter à sa source tout en étant exposé aux goûts des autres. J'ai conscience d'être tout près de la perfection totale.

A Laura qui m'interroge sur cette révolution qui risque de transformer notre vie, je dis que rien ne changera, le verrouillage sera toujours de mise, le contrôle se fera de la même manière et la séparation entre loisirs et études restera d'actualité. Simplement, les temps de loisirs auront plus de choix de programmes et donc un attrait plus grand.

L'installateur devait venir à 9 heures 30, samedi matin. Mais, dès 8 heures 30, la sonnerie d'entrée nous tire de notre torpeur. Il est déjà là! Comment peut-il oser! J'ouvre la porte, à demi réveillé. Je me trouve devant un tout jeune homme, guère plus âgé que mon fils aîné. Rigolard, relax, cool, un peu nerveux, parlant à toute vitesse sans trop articuler, il prend la vie comme elle vient, ne la fait pas se plier à lui, mais se plie à elle. Je cerne mon personnage dès le premier regard et lui accorde une bonne dose de sympathie. Toutes mes frustrations de réveil matinal disparaissent instantanément.

Le voilà en train d'arrimer l'antenne à la paroi extérieure du chalet. Après maints essais, il décide de changer l'endroit où fixer la parabole et choisit un autre emplacement dans la paroi, plus près d'une encoignure afin de permettre à l'antenne une plus grande rotation. Car le premier emplacement ne permettait d'attraper qu'un satellite. Maintenant, après le nouvel emplacement, nous pouvons en attraper deux! Un immense progrès mais tout de même, loin de la dizaine espérée! Un peu confus, il m'explique qu'il faudra abandonner l'idée de la fixation sur paroi au profit de l'arrimage sur mât.

Où mettre le mât? Sur le balcon, bien arrimé à la balustrade en bois. Je tressaille. Encore une tentative, encore des trous dans le bois bien poli de la propriétaire. Elle qui comptabilise tout, elle ne va pas manquer de remarquer que pour cette antenne, il n'aura pas fallu moins de 12 trous à vis dans son bois chéri. Inquiet, j'arrête mon installateur:

– Vous êtes sûr qu'on y arrivera cette fois-ci? C'est vraiment sûr?

– Oui, sans problème.

– On attrapera Télécom?

Télécom, c'est le satellite que les enfants veulent pour capter TF1 et M6.

– Non seulement Télécom, mais aussi Hispasat.

Hispasat! Il me flatte, il sait que c'est là mon désir. Hispasat, à l'extrémité ouest de la courbe d'évolution des satellites. Si on l'a à lui, on les aura tous, c'est certain.

Pourtant, je veux voir pour croire. Il doit repartir et sera absent pour plusieurs semaines. Il part dans les Grisons accomplir son service militaire à l'autre bout de la Suisse.

– Les enfants, dans quelques semaines, on aura toutes les chaînes qu'on voudra.

Dans quelques semaines! C'est la consternation et la déception sur les petits visages habitués à ce que tout tombe cuit dans leur assiette. Au fond, je me réjouis. L'attente étant le meilleur stimulant du désir, ils sauront mieux apprécier quand la réalité leur sera favorable.

Ainsi, à quelques encablures du 20e siècle, le progrès faisait une irruption fracassante dans mon foyer sous une forme technologique du dernier cri. En réfléchissant bien, je me demandais si ce virage radical que j'opérais dans mon approche télévisuelle ne me serait pas plus tard reproché par mes enfants comme une décision complètement contradictoire. Il faudra bien que je fourbisse mes arguments pour cette éventualité. Je me demandais également si et comment cela allait affecter notre vie dans l'immédiat. Saurais-je vraiment faire face aux assauts répétés des enfants pour libéraliser le système au vu du fait qu'ils étaient plus grands maintenant? Et si oui, allions-nous nous laisser anesthésier lentement par la société de consommation qui avait fait de la boîte à images son vecteur le plus efficace? Ou, au contraire, allions-nous revivre l'angoisse existentielle de Pascal devant les "espaces infinis" d'où tombaient les images?

Passage

Soudain, il se réveilla. La pression sur son corps était très forte et se révélait peu agréable. Il sentait des effleurements, des massages même qui passaient et repassaient sur lui. Il se retourna et chercha une meilleure position. Il sentait parfois, à travers la peau qui le protégeait, une sensation de chaleur qui se déplaçait tout autour de lui.

Aucune position confortable ne permettait de retrouver la tranquillité qui était la sienne depuis de longs mois. Soudain, il fut pris dans un mouvement assez violent. Il n'en avait encore jamais senti de comparable. Sceptique, il commençait à ouvrir la bouche lorsqu'un second mouvement, un véritable spasme, le secoua fébrilement. Il cria assez fort:

– Te sens ce que je sens?

Il fallut un long moment avant la réponse qui lui parvint faiblement:

– Oui, et ça m'a même réveillé.

– Qu'est-ce que c'est?

– Je n'en sais rien, mais cela vient de l'enveloppe extérieure, c'est sûr.

Ils entendaient d'étranges bruits qui n'avaient rien à voir avec les gargouillis de liquide auxquels ils étaient habitués depuis le tout début.

– Je crois que tout cela est un signe annonciateur de la fin.

– Alors on va bientôt être séparés?

– Je crois que oui. Mais nous resterons toujours en contact, sois sans crainte à ce sujet-là.

– J'ai peur!

– Mais non, il ne faut pas. Calme-toi!

– Tu ne crois pas que ça fait mal?

– Pas vraiment, si tu te présentes bien. Il y a une certaine pression sur le crâne, c'est sûr, mais rien d'insupportable.

Ils se turent un instant, pensifs et attentifs. Les attouchements externes avaient cessé. Des bruits de voix étouffés parvenaient jusqu'à eux et ils se rendaient compte d'une certaine agitation là dehors.

Bientôt des gémissements puis des cris parvinrent jusqu'à leurs oreilles:

– J'ai peur!

– Ne t'en fais donc pas.

– Je veux pas sortir. Tu entends ces cris? C'est un monde de douleur là dehors! Pourquoi voudrions-nous y entrer, hein? On est si bien ici!

Un nouveau spasme les ballotta pendant quelques secondes.

– C'est pour bientôt!

– Tu veux passer le premier?

– Non! Je te suivrai. S'il te plaît, laisse-moi te suivre!

– D'accord. Mais ne te mets pas dans ces états. On va bientôt se revoir dans l'autre monde. Il paraît que lorsqu'on approche du petit bout de l'entonnoir, on s'approche de la lumière et alors on a une meilleure vue sur Dieu.

– Oui, mais d'autres disent le contraire. La lumière aveugle tout, elle est une source de confusion et provoque plus de mal que de bien. D'ailleurs, on ne sait pas vraiment ce qui se passe après. Je veux te poser une question très importante. Je n'ai jamais osé t'en parler, mais je doute qu'il y ait une vie après la naissance. Tu crois, toi, qu'il y a vraiment quelque chose après la naissance?

– J'en suis sûr.

– Mais on dit que c'est une vie qui finit dans le néant.

– Je dirai au contraire que c'est une vie où tout baigne dans la lumière.

– Ce que tu dis est terriblement angoissant pour moi. On ne sait même pas ce qu'est la lumière. Croire que la lumière est la panacée, la solution miracle à tout me semble vraiment naïf. De plus, la lumière est apparemment très désagréable car elle tue l'obscurité à laquelle nous sommes habitués ici et dans laquelle nous nous plaisons tant. Dans le calme et la sérénité du noir, rien, pas même la mort, ne nous effraie. Et il faudrait quitter un monde protégé pour entrer dans un monde où il n'y aura plus d'enveloppe protectrice comme celle dont nous jouissons actuellement et où notre épiderme sera en contact direct avec l'extérieur!

– Mais rappelle-toi: nous entrons dans un monde qui est un long passage de lumière éblouissante.

– C'est justement là le problème. Nous n'entrons que dans un tunnel. Il y en a qui disent que c'est un monde de vie mais je trouve que ça ressemble plutôt à un monde de mort.

– Mais c'est un monde de préparation à un mieux-être, un monde où il faudra rester bon gré mal gré le temps d'une vie. Mais après, nous retournerons dans une situation comparable à celle qui est la nôtre actuellement. Nous quitterons la lumière et retomberons dans la quiétude de la mort et alors nous entrerons dans l'éternité. Et n'oublie pas qu'il y a un autre paramètre qui régit les rapports entre les humains: cela s'appelle l'amour.

– Qu'est-ce que c'est exactement?

– C'est un sentiment merveilleux qui fait que l'on se sent extrêmement heureux et bien avec soi-même et les autres.

– Alors, on peut dire que nous sommes actuellement dans un monde d'amour?

– Heu, oui en quelque sorte.

– Alors pourquoi désirer le rechercher ailleurs si on en jouit déjà ici, hein? Et puis il paraît aussi que là-bas, on voit. Qu'est-ce que cela veut dire?

– C'est reconnaître. Quand tu me parles, j'entends ta voix, donc je te vois.

– La lumière aide à voir?

– Oui, c'est exactement ça.

Une série de spasmes violents interrompit leur discussion pendant quelques instants.

– Oh là là! Je ne me sens pas très bien. Ecoute! Actuellement on voit bien sans lumière. Elle n'est donc pas nécessaire. C'est toi-même qui viens de le dire.

– Certes. Mais la lumière aide à voir mieux. C'est quelque chose de très positif de ce point de vue-là.

– C'est pas vrai, car trop de lumière aveugle au contraire. Je l'ai entendu. En tout cas, tout ce que tu me dis ne m'incite pas vraiment à naître. Je préférerais rester ici bien au chaud.

– Je te comprends. Mais dans la vie, on ne choisit pas toujours et nous devons traverser ce tunnel lumineux, que nous le voulions ou pas, avant de pouvoir un jour aspirer au repos profond et douillet de l'obscurité permanente.

– Es-tu sûr qu'il y aura autre chose au bout de ce tunnel? Moi, je crois que non.

— Et bien moi, oui. Es-tu sûr, toi, qu'il y a autre chose après la naissance?

— Je n'en étais pas bien sûr mais maintenant, avec toute l'agitation qui nous entoure là dehors, je suis convaincu que oui.

— Ainsi, j'aimerais, avant de faire le saut dans l'inconnu, te laisser avec la pensée suivante: quiconque vivra aura la mort éternelle. Et il sera enfin heureux.

A ce moment précis s'ouvrirent les écluses de la vie qui les précipitèrent dans la lumière du monde.

Mort De La Metaphore

– Où est-il?

– Il a disparu.

– Toujours par besoin d'isolement avant de créer un nouveau chef-d'œuvre?

– Non, pas cette fois-ci.

– Alors, je veux le voir!

– C'est impossible. Nous-mêmes ignorons où il est.

– Mais quelle est cette lubie maintenant?

– Le maître est très inquiet.

– De quoi donc?

– Il craint pour la langue.

– Que me chantez-vous là?

– Cela peut paraître naïf, mais il est rentré très agité hier. Il était en fait catastrophé.

– Que s'est-il passé?

– Lors d'une conférence avec un groupe de jeunes, il s'est produit un malentendu.

– Que voulez-vous dire?

– Il y a eu un quiproquo monumental, le genre de choses qui fait sourire le commun des mortels mais qui l'a terrorisé.

– Pouvez-vous m'expliquer de quoi il s'agit?

– Je ne sais pas les détails mais simplement que le maître a cité Beethoven dans son discours. Il s'est alors produit un flottement et il a senti qu'il perdait l'adhésion de l'auditoire et il lui a été impossible de focaliser à nouveau l'attention de ces jeunes.

– Je ne vois toujours pas ce qui a pu être cause de cela.

– Je ne le savais pas non plus jusqu'à ce qu'on m'explique que les enfants, en entendant le nom de Beethoven, ont immédiatement pensé à un chien. Vous entendez? A un chien!

– Mais comment cela?

– Il paraît que c'est le héros d'un film américain récemment paru!

– Ah! Je vois. En effet, cela peut prêter à sourire.

– Lorsqu'on a expliqué cela au maître, – car celui-ci était incapable de comprendre de quoi il s'agissait vu qu'il ignorait jusqu'à l'existence de ce film qui d'ailleurs s'appelle *Beethoven* – il a été littéralement atterré par l'existence de ce gouffre d'incompréhension.

– J'imagine ce qu'il a dû éprouver.

– Pour lui, le problème est très grave et il pressent, à partir de ce petit incident, des conséquences énormes. Car cela lui a été un révélateur et il a tout de suite entrevu l'énormité de cette dysharmonie qui est en train de s'installer dans notre société. C'est pour cela qu'il est parti pour réfléchir à ce qui se passe et pour essayer d'y trouver des solutions. En me quittant, il m'a demandé quand était la dernière fois que j'avais vu une souris. J'ai été incapable de lui répondre car cela remonte à bien loin. Il m'a alors pincé la joue en me disant que j'étais une pure. Je n'ai pas compris ce qu'il voulait dire.

– Ce qu'il voulait dire? Hum! J'imagine simplement que pure dans ce contexte signifie presque rétrograde.

– Comment cela?

– Parce que beaucoup de jeunes n'ont jamais vu de souris si ce n'est celle de leur écran informatique. Et je soupçonne la toute nouvelle génération de ne jamais connaître que le sens le plus récent du mot souris.

– Et pourquoi cela?

– Mais parce que, justement, il n'y a presque plus nulle part de vraies souris. Les raticides les ont pratiquement éliminées de nos existences. Ce qui veut dire que la notion même de l'animal qui s'appelle souris a pratiquement disparu de la conscience des jeunes. Pour eux, la souris est tout simplement un gadget informatique.

– Ah! mon Dieu! Que cela est compliqué!

– Mais non. C'est tout simplement une certaine évolution sociologique irréversible. La langue n'est pas plus menacée que par le passé, lorsqu'elle a affronté et vaincu les phénomènes du franglais et du verlan notamment.

– Justement il a parlé du franglais mais a ajouté que ce problème-là n'était rien en comparaison de celui-ci.

– Comment cela?

– Le franglais s'insinue dans la langue d'une manière visible. Les mots du franglais sautent tout de suite aux yeux – ou plutôt – aux oreilles. L'identification même de ce phénomène ne pose pas de problème, même si sa résolution est, elle, plus compliquée.

– Oui, mais la souris?

– Dans le cas de la souris ou de Beethoven, c'est différent car l'identification du problème est difficile si l'on ne connaît pas les deux sens du mot. Or, ceci est très malencontreux, mais en l'occurrence, l'érudit – le maître – tout comme le branché – le jeune – font les deux preuve d'un manque de culture puisque chacun ignore l'autre sens du mot.

– Vous parlez de culture au sujet du film américain *Beethoven?*

– Je sais ce que vous allez dire. Où est la culture dans ce qui provient d'Amérique ? Certes il y a une culture de bas de gamme en Amérique et qui s'appelle d'ailleurs « trash culture » en anglais. Le phénomène est réel et l'expression anglaise a gagné ses lettres de noblesse dans la langue. Cependant, on devrait faire attention à tout jugement précipité: en effet, ce qui a bien souvent été méprisé au moment de son apparition peut très bien, par la suite, être assimilé à la notion de classicisme.

– J'aime bien Boileau. Au moins avec lui, on sait à quoi s'en tenir. Il a bien écrit qu'il nomme un chat un chat, n'est-ce pas?

– Certes, mais lui ne se plaçait pas dans la mouvance progressiste de son époque mais au contraire il se posait en porte-parole de l'orthodoxie littéraire de son temps.

– Et alors?

– Alors, il n'aurait pas connu *Beethoven* s'il avait vécu à notre époque.

– Vous parlez du chien ou du musicien?

– Votre sens de l'humour est un peu triste ici. Permettez-moi de ne pas sourire.

– D'accord, d'accord. Mais vous êtes en train de comparer le maître à Boileau, n'est-ce pas?

– En quelque sorte. Et j'ajouterai qu'il aurait appelé le film *Beethoven* un « trash film » sans hésitation. Lui qui a combattu la préciosité et a donc dû garder la langue française contre une attaque venant du haut aurait été tout aussi dévoué à se battre contre une agression venant du bas.

– Cette culture du bas comme vous le dites est tout de même surprenante. Alors même que les jeunes n'ont guère l'occasion de voir de vraies souris, il est cependant évident qu'il savent ce qu'est une vraie souris.

– Et comment?

– Précisément à cause du miracle disneyien.

– Comment?

– Regardez l'influence de Walt Disney sur notre monde: il recrée par la magie de son univers fantasmagorique toute une palette de notions qui ont disparu de notre vie. C'est ainsi que tout le monde connaît Jerry.

– Jerry? Qui est-ce?

– Le Jerry de *Tom et Jerry*, le dessin animé. Jerry est une souris extrêmement sympathique et, à partir de cette production cinématographique, tout le monde apprend à connaître les souris qui n'ont plus de secrets pour personne.

– Une souris cathodique! Vous vous rendez compte de ce que vous dites? Et en plus une souris animée, virtuelle? C'est cela qui aide à la compréhension du monde moderne?

– Oui, en remettant en place des notions perdues. La souris, mais aussi des choses encore plus importantes appartenant à la Culture avec un grand C.

– Par exemple?

– C'est très simple. Disney est aujourd'hui le professeur d'histoire et de littérature le plus écouté par les nouvelles générations. C'est lui qui enseigne les classiques.

– Et comment donc?

– Par ses productions inspirées des chefs-d'œuvre consacrés comme, par exemple, le *Bossu de Notre-Dame* d'après Victor Hugo.

– Vous décrivez un spectacle qui est pour moi comme la mort du monde.

– Moi, au contraire, j'y trouve un espoir dans la résurgence de la culture générale. Avec ce système, on rattrape au moins ce qu'on peut et on comble quelques lacunes d'une manière plaisante par un spectacle qui s'adresse à tous et où il n'y a pas d'exclus.

– Mon ami, assez! La fiction menace la réalité. Le monde ludique n'a pas pour vocation d'être didactique et c'est exactement ce que vous proclamez. Si vous lui assignez ce rôle, alors la fiction ne sera plus fiction et ne sera pas non plus école de connaissance. Elle sera insaisissable et ne signifiera plus rien. Les mots perdront leur sens, on nagera en plein délire pire que dans le symbolisme le plus hermétique. Et la conséquence de tout ceci, mon pauvre ami, c'est que la métaphore, vous m'entendez, la ME-TA-PHO-RE ne pourra plus survivre car on n'arrivera plus à la codifier. Lorsque Nietzsche a affirmé que Dieu était mort, pour moi il n'a pas annoncé une chose plus angoissante que ne l'est la mort de la métaphore!

TABLE DES MATIERES

LES ROSES DU CHATEAU	3
LA CROISEE DU TRANSEPT	23
LE QUAI DE GARE	31
LE COLLECTIONNEUR	36
CASTOR ET POLLUX	44
LE HACHOIR	51
LE BLOCKHAUS	60
DECOUVERTE	64
LA MOUETTE	67
LE PASSAGE SOUTERRAIN	73
LA CONFESSION	80
LE MANIAQUE	87
L'AUTOROUTE	93
L'ADIEU	99
L'ORDINATEUR	105
PRISON	116
LE MENDIANT	123
LA VRAIE REVOLUTION	134
DANS LE TRAIN	140
EXOTISME CULINAIRE	148
WAGRAM	155
LE SATELLITE	162
PASSAGE	173
MORT DE LA METAPHORE	178